এক থেকে ছয়

মৌপিয়া বন্দ্যোপাধ্যায়

Ukiyoto Publishing

All global publishing rights are held by

Ukiyoto Publishing

Published in 2024

Content Copyright © Moupiya Banerjee

ISBN 9789362693631

All rights reserved.
No part of this publication may be reproduced, transmitted, or stored in a retrieval system, in any form by any means, electronic, mechanical, photocopying, recording or otherwise, without the prior permission of the publisher.

The moral rights of the author have been asserted.

This is a work of fiction. Names, characters, businesses, places, events, locales, and incidents are either the products of the author's imagination or used in a fictitious manner. Any resemblance to actual persons, living or dead, or actual events is purely coincidental.
This book is sold subject to the condition that it shall not by way of trade or otherwise, be lent, resold, hired out or otherwise circulated, without the publisher's prior consent, in any form of binding or cover other than that in which it is published.

www.ukiyoto.com

উৎসর্গ

বাবা, দিদিভাই, পুপুল আর চিরুর জন্য

বিষয়বস্তু

ভুল	1
গিরগিটি	7
ঝড়	17
জোনাকি	25
এক আকাশের নীচে	33
পার্বত্য	48
লেখক পরিচিতি	55

ভুল

হাত কাঁপছে। আঁকা বাঁকা একটা অক্ষর ফুটে উঠলো বহু কষ্টে। বাজার। সেই দিকে চেয়ে রইলেন বিজন। বার্ধক্য, জ্বরা। অপ্রতিরধ্য। অবশ্যম্ভাবী।

বাজারের ফর্দ লিখতে গিয়ে প্রথমেই হোঁচট খেলেন। সবজি বাবদ কত যেন খরচ হয়েছে বললো ছেলেটা? ভুলে গেছেন। আবার ভুলে গেছেন।

বুকের ভিতর বড় পীড়া অনুভব করলেন। চল্লিশ বছরের চাকরি জীবনে তাঁর স্মৃতিশক্তির জন্যে কত প্রশংসা পেয়েছেন। কাজ সংক্রান্ত সমস্ত নাড়ি নক্ষত্র তাঁর মাথায় যেন খোদাই করা থাকত। অন্যদের বিচ্যুতি দেখে বিরক্ত হতেন তিনি। বলতেন, এটুকুও তোমাদের মনে থাকে না?

আর আজকাল মাঝে মাঝেই তিনি কিছু মনে করতে পারেন না। লোকের নাম ভুলে যান, ঘরে ঢুকে ভুলে যান কি নিতে এসেছিলেন, ফোন করে ভুলে যান কি বলতে চেয়েছিলেন। এটা করতে গিয়ে ওটা করে ফেলেন।

ছেলে যদিও মুখে কিছু বলে না, কিন্তু তার বিরক্তি, রাগ আর অসহায়তা তিনি উপলব্ধি করতে পারেন। অফিস করে, বাড়ি সামলে, তাঁর সব দায়িত্ব পালন করে ছেলে তাঁর বড় ক্লান্ত হয়ে পরে। তার উপর এই বিপত্তি।

ছেলে বেসরকারি ব্যাংকে চাকরি করে, খুবই ব্যস্ত থাকে। বিয়ে হয়েছে বছর পাঁচেক হলো। ওর স্ত্রী উত্তর বঙ্গে একটি সরকারি কলেজে পড়ায়। তাকে ওখানেই থাকতে হয়। কখনো সে আসে দেখা করতে, কখনো ছেলে যায়। এইভাবেই চলছে সংসার।

চলছিল ঠিকঠাক। কিন্তু মাস দুই আগে বিরাট এক ছন্দপতন হলো। লক ডাউনের জেরে রান্নার লোক এবং বাড়ির ঠিকে মেয়েটিকে ছুটি দিতে হলো অনির্দিষ্ট কালের জন্য।

ছেলে অফিস যাবার আগে রান্না করে। ওঁর খাবার হট পটে রেখে যায়। ফিরে এসে ঘর পরিষ্কার করে। প্রচণ্ড খাটুনি বেড়েছে ওর। বিজন চেষ্টা করেন যথা সম্ভব সাহায্যে আসতে। বাসন মেজে রাখা, ঘর গুছিয়ে রাখা, ইত্যাদি, যতটা করা যায়।

কিন্তু এই ভুলে যাওয়া রোগের জন্যে তাতেও অসুবিধেয় পরেন ও ফেলেন কখনো কখনো। কোন জিনিষ কোথায় রাখেন ভুলে যান। দরকারি কাগজ, টাকা, এইসব এদিক ওদিক রেখে দিয়ে ভুলে যান। বড়ো হয়রানি হয় তারপর।

ইদানিং এই ভুলের ভয় গ্রাস করেছে তাঁকে। খালি ভাবেন, ভুল হলো না তো? ছেলের করুণ দৃষ্টি বুকের মধ্যে বাজে। রাগী চাহনি হাড় হিম করে দেয়। এই গত দুমাসে ব্যাপারটা বেড়েছেও বটে। আগে এত হত না।

ছেলে ফ্যামিলি ডক্টরের সঙ্গে কথা বলেছে এই নিয়ে। ওঁর মতে এই বয়েসে এটা খুব একটা অস্বাভাবিক নয়। ঘরবন্দী থাকা, একাকিত্ব আর কথা বলার মানুষ না থাকায় হয়ত একটু বাড়াবাড়ি হয়েছে। জীবন আবার আগের ছন্দে ফিরলে হয়ত ঠিক হবে কিছুটা।

উৎকণ্ঠায় থাকেন আজকাল। কবে যে সব আগের মতন হবে আন্দাজ পান না। স্ত্রীর কথা ভাবেন। আজ তিনি থাকলে জীবন বোধ হয় অন্যরকম হতো। বয়েস তো আর পিছনে যাবে না। বাড়বে। বয়েসের সঙ্গে রোগ যদি আরো বাড়ে, ছেলের জীবন আরো দুর্বিষহ হয়ে পড়বে তাঁর জন্য। এর কি কোনো ওষুধ নেই?

সেদিন তো খুবই বিপদের হাত থেকে রক্ষা পেয়েছেন। অত সকালে ছেলে ভালো মন্দ রান্না করার সময় পায় না। বেশিরভাগ দিন পাঁচমিশালি একটা সেদ্ধ আর মাছ টুকু করতে পারে। তাই সেদিন ভাবলেন একটা ভালো কিছু পদ বানিয়ে রাখবেন। ছেলে এলে খুশি হবে। করেন নি কখনো। তবু চেষ্টা করতে কি আছে?

ভালই রেঁধেছিলেন। বউয়ের এক পুরনো রান্নার ডাইরি খুলে। কিন্তু শেষ রক্ষা হয়নি।

গ্যাস সিলিন্ডার খোলা রেখে দিয়েছিলেন ভুলে। ছেলে বাড়ি এসে বন্ধ করে।

সেই থেকে তাঁর গ্যাসে হাত দেওয়া বন্ধ। মাইক্রো ওভেনে খাবার গরম করা ছাড়া রান্নাঘরে ঢোকাও প্রায় মানা।

নাহ্। মনে পরল না সবজির দর। দারওয়ান ছেলেটি আজকাল বাজার করে দেয়। ছেলে তাকে টাকা দিয়ে অফিস চলে যায়। দারোয়ান বাজারের সঙ্গে মুখে মুখে হিসেব দিয়ে যায় বিজনকে । ছেলে অবশ্য কখনো হিসেব চায়নি। তবু আজ ভাবলেন তা লিখে রাখবেন। কিন্তু সেটা আর হলো না।

উঠে পড়লেন। আর ভালো লাগছে না। তাঁকে মনোযোগ বাড়াবার চেষ্টা করতে হবে। নাহলে এই ভয় আর উৎকণ্ঠা চেপে বসবে।

ছেলে আজ দুটো কাজ দিয়ে গেছে। দুটো খামে ইলেকট্রিক বিলের টাকা ও কাজের মেয়েটির মাস মাইনে। খামের উপর পরিষ্কার হাতের লেখায় লিখে গেছে কোনটা কার। একটা দিতে হবে বিল্ডিং -এর কেয়ার টেকারকে আরেকটা গোপালীকে। এতে ভুল হবার কোনো সম্ভাবনাই নেই।

তবু মনসংযোগ করতে হবে। দরজার কাছের টেবিলটায় বসলেন একটা বই নিয়ে। তৈরি থাকবেন। ওরা এলে ওদের হাতে খাম ধরিয়ে দিয়ে নিশ্চিন্ত।

কেয়্যার টেকার ছেলেটি সর্বদা তাড়ায় থাকে। হন্তদন্ত হয়ে এসে নিয়ে গেলো খামটা যথারীতি। গোপালী এলো আরো বেলায়। প্রায় দুপুরের খাবারের সময়। কি রোগা হয়ে গেছে মেয়েটা। মুখে আঁচল চাপা দিয়ে দাঁড়িয়ে ছিল দূরে। মলিন কাপড় জামা। খুব খিল খিল করে হাসত আগে। এখন যেন কিরকম স্তিমিত লাগলো।

ছেলে বলে গেছে বেশি কথা না বলতে কারো সাথে। শুধু জিজ্ঞেস করলেন, "কিরে ভালো আছিস তো?" মেয়েটা কিছু বললো মৃদু স্বরে। ভালো শুনতে পেলেন না। খামটা দিয়ে দিলেন।

সবে খেতে বসবেন। আবার ডোর বেল বেজে উঠলো। খানিকটা বিরক্ত হয়ে দরজা খুললেন। কেয়্যার টেকার এসেছে আবার গলদ

ঘর্ম হয়ে। হড়বড় করে বলতে লাগলো, -"আরে মেসোমশাই। এ কি খাম দিলেন? এই টাকায় কি হবে? ইলেকট্রিক বিল তো আপনাদের ছয় হাজার টাকা! এসি চালান, তাতো হবেই। দেখুন এই খামে আবার গোলাপি না কি লেখা আছে।"

স্তব্ধ হয়ে গেলেন বিজন। এ কি করে সম্ভব? বার বার দেখে খাম দিলেন। আবার ভুল??

খামটা হাতে নিয়ে হতভম্ভ হয়ে দাঁড়িয়ে রইলেন তিনি। ছেলেটি বলল, "ও ঠিক আছে, আমি আবার কাল এসে টাকা নিয়ে যাবো !"

খাবার আর মুখে রুচবে না তাঁর। সব তুলে দুটো বিস্কুট আর জল খেয়ে শুয়ে পরলেন। জীবনে কখনো চোখের জল ফেলেন নি। স্ত্রী চলে যাবার পরও নয়। আজ বালিশের উপর গড়িয়ে পরলো দু ফোঁটা চোখের জল। এ জীবন নিয়ে কি করবেন তিনি? শত চেষ্টা করেও পারলেন না, একটা সামান্য দায়িত্ত্ব পালন করতে। যে খাম গোপালী কে দিয়েছেন তাতে নিশ্চই ছয় হাজার টাকা ছিল। কত ক্ষতি করলেন ছেলের।

নাহ্, কালই পোস্ট অফিস গিয়ে টাকা তুলে এনে দেবেন ছেলেকে। কোনো বরণ শুনবেন না। হোক তাঁর যা ইচ্ছা অসুখ বিসুখ। এই জীবনের এমনিও কোনো মূল্য নেই।

আবার ডোর বেল। ওঠার শক্তি আর নেই যেন। প্রথমে ভাবলেন থাক গে। কিন্তু বেল টা টুং টুং করে বাজিয়েই যাচ্ছে। অসহ্য! কোনক্রমে উঠে এলেন।

একটি শীর্ণকায় বাচ্চা ছেলে। ছেঁড়া জামা। মুখে একটা ছেঁড়া রুমাল বাঁধা।

-"দাদু, মা কে ওতো টাকা দিয়েছ কেনো? মা তোমাকে ফেরত দিয়ে দিতে বললো। এই নাও!"

বাড়িয়ে দিল তার হাত। টাকা সমেত। সেই হাতে যেন কোনো মাংসের প্রলেপ নেই। হাড়ের উপর চামড়া শুধু।

একটুক্ষণ হতবাক হয়ে ছিলেন। এবার স্বম্বিত ফিরে পেলেন।

-"কি নাম তোর?"

-"হি হি, আমার নাম রাজু। মা ডাকে ভোম্বল!"

-"পড়াশোনা করিস?"

-"করতাম তো। কিন্তু বাবা আমাদের ছেড়ে চলে গেছে না ? মা তাও ইস্কুলে পাঠাচ্ছিল। কিন্তু এখন তো মায়ের কাজ নেই। তোমার মতন টাকাও দেয়নি সবাই। তাই আর ইস্কুল যাবো না। আমিও কাজ করবো।"

তার চোখ দুটি দেখছিলেন বিজন। কি মায়াময়।

-"কি কাজ করবি তুই?"

- "দেখি। গাড়ি ধোবো। বাজার এনে দেবো। তোমাকে এনে দেবো দাদু?"

-"বয়েশ কত তোর?"

-"বারো।"

চোখ বন্ধ করলেন বিজন। হে ঈশ্বর। এই কি তোমার বিচার?

- "দাদু, টাকাটা নাও। বাড়ি যাবো। "

- "তুই খেয়েছিস কিছু?"

-"হ্যাঁ দাদু ,পান্তা খেয়ে এলাম তো।"

- "দাঁড়া একটু।"

দুটো প্লাস্টিকের কৌটোয় নিজের খাবারটা ঢেলে গুছিয়ে দিলেন বিজন।

-"এই নে, বাড়ি গিয়ে খাস। আর টাকাটাও নিয়ে যা।"

মুহূর্তের মধ্যে মায়াভরা চোখদুটো জ্বলজ্বল করে উঠলো। বুঝলেন বিজন, ছেঁড়া রুমালের আড়ালে ফুটে উঠেছে একটা ভুবন ভোলানো হাসির রেখা।

- "দাদু, এই টাকাটাও দিয়ে দিলে?"

-"হ্যাঁ রে দাদু, এ সব তোর।"

দরজা বন্ধ করে বারান্দায় এসে দাঁড়ালেন। ওই যে, চলে যাচ্ছে ছেলেটা। লাফাতে লাফাতে। দূর থেকেও তার খুশির আঁচ পেলেন বিজন।

হঠাৎ আর নিজেকে অপ্রয়োজনীয় লাগলো না। এই যদি তার ভুলের মাশুল হয়, তবে তিনি যেন এই ভুল বার বার করেন। থাক তাঁর ভুলো মন ....আজীবন।

গিরগিটি

১

পাঞ্চালী অবাক হয়ে দেখছে। ইউক্যালিপটাস গাছের গায়ে গিরগিটিটা রঙ বদলাচ্ছে। একটু আগে গোলাপী ছিল, সবুজ হয়ে গেল ওর চোখের সামনে। জীপ থেকে নেমে হাঁটতে হাঁটতে হঠাৎই চোখে পড়ল পাঞ্চালীর।

ছোটবেলা থেকে শুনেছে, কিন্তু গিরগিটির রঙ বদল এই প্রথম স্ব চক্ষে দেখল। গায়ে কাঁটা দিচ্ছে ওর।

পিছনে পায়ের শব্দ পেয়ে ঘুরে দেখল। গাইড ছেলেটি এদিকেই আসছে। পাঞ্চালী তাকাতে ও ইশারায় জীপে যেতে বলল।সবাই বসে আছে ভিতরে। পাঞ্চালী জীপে উঠতেই রুম্পি হিসহিস করে বলল, " তুমি সবসময় কেন প্রবলেম তৈরি কর মা?"

পাঞ্চালী একটু অবাক হল, " কেন, কি করলাম"?

" কোথায় গেছিলে ?গাইড আঙ্কল বলল তো কাছাকাছি থাকতে!"

- আমি তো ওই দিকটাতেই ছিলাম । জানিস, একটা ক্যামিলিয়ন.."

- "চুপ কর তো! তোমার বোকা বোকা কথা শুনতে চাই না -" বলে মুখ ঘুরিয়ে নিল রুম্পি।

- " এই মায়ের সঙ্গে এরকম ভাবে কথা বলে না", বলল রুসনা।

গাইড ইশারায় চুপ করতে বলল। এবার জঙ্গলের ভিতর ঢোকা হবে। এত কথা বলা যাবে না।

২

সন্ধ্যে হয়ে গেছে। উঠে পড়ল পাঞ্চালী । রুম্পি আর পল্লব ঘুমচ্ছে। ফ্রেশ হয়ে ভাল শাড়ি পড়ে তৈরি হয়ে নিল পাঞ্চালী।

দুপুরবেলা খাওয়াটা একটু বেশীই হয়ে গেছে। খিদে নেই একদম। আজ রাতে টুকটাক খেয়েই শুয়ে পড়বে। ব্যাগ থেকে বাদাম আর চানাচুরের প্যাকেটগুলো বের করে রাখল।

ওরা চারটে পরিবার এসেছে জঙ্গলে ঘুরতে। বিলু, আবীর আর কৃষ পল্লবের বন্ধু। রুসনা, বন্টি আর সুরভী ওদের স্ত্রী।ওরা আজ এত বছর পর পাঞ্চালীরও বন্ধু হয়ে গেছে অবশ্য। যেখানেই যায় চেষ্টা করে সকলে একসঙ্গে যেতে।

পাঞ্চালীর নিজের বন্ধুদের সঙ্গে যাওয়া হয়না কোথাও। পল্লব পছন্দ করে না, রুম্পিকেও ছাড়ে না। রুম্পিও ওর বাবার বন্ধুদের ছেলে মেয়েদের সঙ্গেই মিশতে ভালোবাসে। যেতে চায়না আর কারো সাথে।

আজ সন্ধ্যায় সুরভীর ঘরে বসা হবে। জঙ্গল, তাই সন্ধেবেলা বাইরে আড্ডা দেওয়া যাবে না। বাচ্চাগুলো বন্টির ঘরে থাকবে। সব ঘর পাশাপাশি, তাই কোনো চিন্তা নেই। বন্টির দ্বিতীয় সন্তান হয়েছে এক বছর আগে। বাকি ছেলে মেয়েগুলো তো বড়ই হয়ে গেছে। রুম্পির বয়স পনের। ওর কাছাকাছি বয়েসী রাকা, সানি আর মেঘলা।

আজ আট মাস হল পাঞ্চালীর বাবা চলে গেছেন। মা অনেক আগেই। এখনো বাবার কথা ভাবলেই কান্না আসে ঝেঁপে। পাঞ্চালী দুই তিনমাস প্রচণ্ড মানসিক যন্ত্রণা পেয়েছিল, তারপর নিজের সঙ্গে নিজে যুদ্ধ করে ঠিক হয়েছে খানিকটা। এই বেড়াতে আসাটাও সেই জন্যেই, মনের অসুখ সারাতে।

বাবার জন্য পল্লব খুব করেছে। চিকিৎসা, নার্স সব কিছুর টাকা দিয়েছে ও। পাঞ্চালী সন্তান মানুষ করতে গিয়ে চাকরি ছেড়েছিল। তারপর এখনও নতুন করে শুরু করার অবকাশ পায়নি। পল্লব না থাকলে কি যে হত !বাবার নিজের ছেলে থাকলেও এইভাবে খরচ করত কিনা জানে না পাঞ্চালী।

চুল আঁচড়াতে আঁচড়াতে এই কথাই ভাবছিল পাঞ্চালী।

-" ওহ, তুমি রেডি? এই রুম্পি, ওঠ, চল, রেডি হ.."

পল্লবের গলা। ওরাও উঠে পরেছে। চিরুনি রেখে ওদের জামা কাপড় বের করতে গেল পাঞ্চালী।

৩

রাত প্রায় সাড়ে দশটা। ঘরেই খাবার দিয়ে গেছে রিসর্টে।এখানে সব নিরামিষ। রিসর্টের শেফরা আজ বাচ্চাদের জন্য কেক বানিয়েছে। তার সঙ্গে ফ্রেঞ্চ ফ্রাই আর বেবি কর্ন। বাচ্চাদের মনের মতন খাবার। ওরা বন্টির ঘরেই সবাই খেয়ে শুয়ে পড়েছে। এখানে ইন্টারনেট কানেকশন খুব ভাল নয়। ততে ওরা একটু মনক্ষুণ্ণ। শুয়ে শুয়ে নিজেদের মধ্যে গুজগুজ করছে। ছোট বাচ্চাটাকে একটা সিঙ্গেল খাটে আলাদা ঘুম পাড়ানো হয়েছে।

অন্য ঘরে বড়রা সবাই অল্প বিস্তর নেশাগ্রস্ত। পাঞ্চালী ওয়াইন খেয়েছে। মাথাটা টলমল করছে বেশ। জোরে গান চালানো যাবে না। সুরভী গান গাইল কয়েকটা। গলাটা খুব ভাল ওর। এখন অন্তক্ষরি খেলা হবে। যতবার পাঞ্চালী গান গাইছে, সবাই হেসে উঠছে। ভাল গাইতে পারে না ও। সুরগুলো মেলাতে পারে না তেমন। তবে প্রচুর গান শোনে ,তাই অনেক গান জানে ও, অন্তক্ষরীতে ওকে হারানো সোজা নয়।

- " ইশ, তোমার গান শুনলে না জন্তু গুলো সব জঙ্গল ছেড়ে পালিয়ে যাবে, হি হি হি!"

বলছে পল্লব। ওই সবচেয়ে বেশি ফোড়ন কাটছে। পাঞ্চালী গাইলেই।

প্রথম দিকে নিজেরও হাসি পাচ্ছিল। কিন্তু বার বার এক কথা শুনে একটু খারাপই লাগছে এবার। উঠে পড়ল পাঞ্চালী। বলল, " তোরা খেল। আমি একটু ঘর থেকে আসছি!"

কেন, কেন? সবাই বলে উঠল।

" আসছি, খেল না তোরা"!

ঘর থেকে বেরোবার সময় শুনল পল্লব বলছে " টোটাল স্পয়েল স্পোর্ট"!

নিজের ঘরে ঢুকে দরজা বন্ধ করতে যাবে, দেখে রুসনা, ওর পিছন পিছন আসছে। রুসনাও ঢুকল। দরজা বন্ধ করে দিল ও ।বলল, "তুই কি ওয়াশরুম যাবি? ঘুরে আয়। কথা আছে।"

"বল".. মুখে চোখে জল দিয়ে এসে জিজ্ঞেস করল পাঞ্চালী।

ওর দিকে স্থির দৃষ্টিতে চেয়ে আছে রুসনা। একটু পরে বলল, " তুই কি সত্যিই কিছু বুঝিস না, নাকি না বোঝার ভান করে থাকিস?"

অবাক হয় পাঞ্চালী। " কি বুঝব"?

- "পল্লবদা আর বন্টির ব্যাপারটা? বুঝিসনা? আমরা তো সবাই বুঝি।"

- "কি বুঝিস?"

- "কি বুঝি?.বুঝি যে ওরা শুধুই বন্ধু নয়। আরো বেশি কিছু?"

- "মানে?"

- "মানে টা তুই জানিস না? ওরা যেভাবে কথা বলে, তুই শুনিস না?"

- "কি বলছিস উল্টোপাল্টা ? আবীর আছে তো.."

- "সে তো তুইও আছিস। তাতে কি কিছু যায় আসছে? আবীর নিজের শ্বশুরের বাড়িতে থাকে পাঞ্চালী । ও বন্টিকে কিছু বলতে পারবে না, কিন্তু তুই? তুই তো দেখেও না দেখার ভান করিস।"

- "আমি তো খারাপ কিছু দেখি না!"

রেগে উঠল রুসনা, " বোকার মতন কথা বলিস না ! প্রত্যেক শুক্রবার পল্লব বন্টির বাড়ি যায় কেন? শুক্রবার আবীর ওর মা কে দেখতে যায়,আর ঠিক ওই শুক্রবারই পল্লব বন্টির বাড়ি যায়। কেন?"

পাঞ্চালী উঠে পড়ে। এইসব কথা আলোচনা করতে রুচিতে বাধে ওর। এই বাঙালির এক স্বভাব। অন্যকে নিয়ে তার পিছনে

আলোচনা করা। একদম ভাল লাগেনা পাঞ্চালীর । ও জানে পল্লব পছন্দ করে বন্টিকে। বন্টি সুন্দরী, সব সময় উচ্ছল। পল্লবের সেটা খুব ভাল লাগে। পল্লব সকলের সামনে খোলাখুলি বলে সে কথা। হতেই পারে। শুক্রবার করে ওদের বাড়ি যায়, আড্ডা হয় দুজনের। সেখানে বন্টির মাও তো থাকেন। বন্টির ছেলে রাকা থাকে। তাছাড়া ওদের মেয়ে হয়েছে গত বছর। আবির ধুমধাম করে অন্নপ্রাশন খাওয়ালো সবাইকে। এরা পারেও!

৪

পরের দিন সকাল সকাল বেরোল ওরা। ভাল করে ব্রেকফাস্ট করে নিয়েছে। আজ অনেকটা সময় ধরে জঙ্গল দেখা হবে। কাল প্রচুর হরিণ, পাখি আর বাইসন দেখেছে। আজ বাঘ দেখতেই হবে।

মক্কির জঙ্গলে ঘুরবে আজ। অনেকটা গভীরে যাবে। কাল গিয়েছিল কিসলির দিকে। মক্কিতে বাঘের সংখ্যা বেশি। সবাই খুব উদগ্রীব বাঘের দর্শন পেতে। পাঞ্চালী এমনিতে সামান্য ভীতু, কিন্তু এখানে এসে সবার মাঝে সাহস এসেছে মনে। তারও আজ খুব উৎসাহ।

গভীর জঙ্গলের ভিতর দিয়ে মন্থর গতিতে যাচ্ছে জীপ দুটি। শুকনো পাতা মড়মড়িয়ে ভাঙছে চাকার তলায়। চারিদিকে কত রকম আওয়াজ,অথচ কী নিঃশব্দ চারিদিক। ছোট বাচ্চাটার মুখে চুষি দেওয়া হয়েছে যাতে সে কেঁদে না ওঠে।বাকিরা চুপ, কথা বললেও ফিসফিস করছে। গাইডও খুব নিচু গলায় কথা বলছে। এখানে একটা বাঘের ছানা হয়েছে কয়েকটা। তাই মা বাঘটি বাচ্চাদের আগলে বসে আছে, তিন দিন আগে এখানেই ওদের দেখেছিল গাইড ভদ্রলোক।

আজ ওরা কিছু হরিণ দেখল। কিছু বুনো শুয়োর। কিছু সাদা হনুমান। পল্লব আর বিলু ছবি তুলছে। দুজনেরই দামী নিকন ক্যামেরা। বাচ্চারা চোখে বাইনোকুলার লাগিয়ে রেখেছে।

পাঞ্চালী যে জীপে আছে,তাতে পল্লব আর রুম্পি নেই। ওরা

অন্যটায়। রুম্পি বলেছিল "আমি বাবার কাছে বসব, মা যা ভীতু! " জঙ্গুলে পথের দুদিকে লম্বা লম্বা ঘন গাছের সারি। দুইদিকে তাকাতে তাকাতে যাচ্ছে ওরা।

অকস্মাৎ খুব জোরে কোনো পাখি ডেকে উঠল। জঙ্গলের নৈঃশব্দ্য চিরে সেই আওয়াজ চারিদিকে ছড়িয়ে পড়ল যেন। কেঁপে উঠল ওরা। মুহূর্তের মধ্যে দেখল একটা চাবুকের মতন লম্বা শরীর তীব্র বেগে ছুটে চলে গেল, যার গায়ে গোল গোল দাগ। থমকে গেল জীপ দুটো। ক্যামেরা তাক করার আগেই জন্তুটা ঝড়ের মতন মিলিয়ে গেল জঙ্গলের ভিতর।

বন্টি ফিসফিস করে বলল, "লেপার্ড"!

- " হামলোগ বোলতে হ্যায় তেন্দুয়া ! ইয়ে পের পে ভি চড় সকতা হ্যায়!" বলল গাইড।

লেপার্ড বা তেন্দুয়া বিদ্যুৎ বেগে চলতে পারে, ওদের এই খোলা জীপে যদি লাফিয়ে পরে?

একটু অপেক্ষা করে আবার চলতে শুরু করল ওরা।

৫

হোটেলে ফিরে স্নান করে নিয়েছে। পাঞ্চালী ভাবল আজ আর শোবে না। একটু পর থেকেই গল্পগুজব শুরু হবে কারো ঘরে। কাল সকালে ফিরে যাওয়া। আজ আর ঘুমিয়ে সময় নষ্ট করার মানে হয়না। ঘরে এক কাপ কফি আনিয়েছে। জানলার ধারে বসে তাই খাচ্ছিল পাঞ্চালী। বাইরে সুইমিং পুলটা দেখা যাচ্ছে আবছা। তার পিছনে জঙ্গল, চাপ চাপ অন্ধকার সেখানে। ওইদিকে তাকিয়ে ছিল পাঞ্চালী।

রুম্পি আর পল্লব ঘরে নেই। রুম্পি আছে সুরভীদের ঘরে। পল্লব কোথায় ঠিক জানে না। দরজায় আওয়াজ হতে তাকাল পাঞ্চালী।

পল্লব ঢুকছে। কোলে আবিরের ছোট মেয়েটা। খিলখিল করে হাসছে। পল্লব বলল, " বন্টি একটু ঘুমাতে চায়, টায়ার্ড হয়ে গেছে।

ইনি তো এখন ঘুমাবেন না, তাই আমি একটু নিয়ে এলাম।"

অবাক হয়ে চেয়ে থাকে পাঞ্চালী । রুম্পি যখন ছোট ছিল, এমন ভাবে পাঞ্চালীকে ঘুমাতে দেবার জন্য রুম্পিকে কি কখনো নিয়ে গেছিল পল্লব? মনে পড়ে না।

চেয়ারে বসে পল্লব খেলছে ওই শিশুর সঙ্গে। ওকে জড়িয়ে, আদর করে আর রাখছে না ছোট্ট মেয়েটা। পল্লব হাসছে, ওর তুলতুলে গালে হামি খাচ্ছে।

দেখছে পাঞ্চালী। এই প্রথম লক্ষ্য করল, বাচ্চাটার চোখ দুটো একটু হালকা বাদামী। একদম পল্লবের মতন।

আজ রুসনাদের ঘরে বড়রা আর বন্টিদের ঘরেই ছোটরা। কেন জানিনা মনটা আজ ভাল লাগছে না পাঞ্চালীর। কেন এমন হচ্ছে কে জানে? অন্যের কথা শুনে সন্দেহ করার মেয়ে ও নয়, তবু কেন অস্বস্তি হচ্ছে একটু? আজ ওরা গোল করে বসে ট্রুউথ ওর ডেয়ার খেলছে। বাইরে ঝড় উঠেছে মনে হয়, বা উঠবে। বিদ্যুৎ চমকাচ্ছে বার বার। হাসির ফোয়ারা উঠছে। মজার খেলা বটে একটা।

মাঝখানে একটা বোতল। সেটাকেই ঘুরিয়ে দেওয়া হচ্ছে। ঘোরা থামলে যার দিকে বোতলের মুখ থাকবে, তাকে নানা রকম প্রশ্ন করা হবে। হয় তাকে সত্যি উত্তর দিতে হবে, নয়ত কোনো একটা বেকায়দার কাজ করে দেখাতে হবে। বোতল ঘোরানো হল। বোতলের মুখ এবার পাঞ্চালীর দিকে। কৃষ বলল, "বল, ট্রুউথ ওর ডেয়ার?"

পাঞ্চালীর কথা বলতে ইচ্ছে করছে না তেমন। তবু খেলছে। অন্যদের দিন নষ্ট করতে চায় না সে।

- "ডেয়ার! " বলল পাঞ্চালী।

- "আচ্ছা, ডেয়ার? তুমি ডেয়ার করতে পারবে তো?" বাঁকা হেসে বলল পল্লব।

পাঞ্চালী কিছু বলতে যাচ্ছিল, হঠাৎ স্বর্গ মর্ত কাঁপিয়ে একটা বিকট আওয়াজ হল - হালুম! পর পর কয়েকবার হুংকার। এই পরিবেশে ভয়ংকর শোনাচ্ছে তা।

সবাই প্রায় লাফ দিয়ে উঠে পরেছে। পাশের ঘরে বাচ্চারা চেঁচাচ্ছে মা মা, বাবা বাবা করে। ওরা ছুটল ওদিকে।

হোটেলের দুজন স্টাফ দৌড়ে এলেন। বললেন, বাঘ এসেছে এদিকটায়। ওরা সচরাচর এদিকে আসে না। তবে কখনো সখনো চলে আসে। বিশেষ করে ভীম বলে একটি বাঘ, সে আগেও এদিকে এসেছে দু একবার। তবে, ভয় পাবার কিছু নেই। বাইরে গার্ড আছে, হোটেল স্টাফরা আছে।

ওরা অনুরোধ করে, আজ যেনো কোনো কারণে কেউ বাইরে না বেরোয়, এবং বাচ্চাদের উপর যেন বিশেষ ভাবে নজর রাখা হয়।

আশ্বস্ত হয়ে পাঞ্চালীরা এই ঘরে ফেরে। তার আগে বাচ্চাদের খাইয়ে, শুইয়ে, ঘর বাইরে থেকে বন্ধ করে আসে। পাঞ্চালী বলে, "আমাদেরও আজ তাড়াতাড়ি শুয়ে পড়া উচিৎ যে যার ঘরে গিয়ে। বাচ্চারা ভয় পেয়ে আছে। "রুসনা, সুরভীও সায় দিল।

- "ব্যাস শুরু হয়ে গেল ফালতু প্যানিক করা," বলল পল্লব। -"ওরা বলে গেল চিন্তার কিছু নেই, তাও বেকার ভয় পাবে। আরে এতগুলো লোক বাইরে আছে, ওদের ফেলে বাঘ ঘরে ঢুকে আমাদের খাবে? আশ্চর্য!"

ঘরের পর্দা ভালো করে টানিয়ে দিল ওরা। বাইরে যেন আলো বা শব্দ কোনোটাই না যায় বিশেষ। একটা হালকা আলো জ্বেলে গল্প চলতে লাগল।

ঝড় থামল, বাঘের গর্জনও আর সোনা যাচ্ছে না। ধীরে ধীরে ছন্দে ফিরছে সব কিছু আবার।

রাত বাড়ছে। প্রায় বারোটা এখন। ভাল লাগছে না আর পাঞ্চালীর। সে শুতে যেতে চায়। বড় ক্লান্ত লাগছে। হয়ত একটু ঝিমিয়ে পড়েছিল, ঘোর কেটে গেল পল্লবের কথায়।

"- দেখ, এখানেই ঘুমাচ্ছে। কি হল পাঞ্চালী, একটা দিন একটু আনন্দ করতে পারছ না?"

পল্লবের কথা জড়িয়ে যাচ্ছে। ওর দিকে তাকিয়ে এই আলো আঁধারিতেও ওর চোখে কেমন একটা ঘেন্না দেখতে পেল যেন

পাঞ্চালী ।

পল্লব বলছে, " সত্যি মাইরি, এই গোমড়া মুখ ভালো লাগে না ভাই। কোথাও কিছু নেই, হঠাৎ করে ওনার মুড ওফ হয়ে যায়। ফালতু একটা"!

বন্টি বলে উঠল, " কেন এমন বলছ গো? পাঞ্চালীদি তো ঠিকই আছে।"

মাথাটা দপ করে উঠল পাঞ্চালীর । সোজা বন্টির দিকে তাকিয়ে বলল, " এই তুই আমাকে দিদি বলিস কেন রে? বন্ধুদের মধ্যে দাদা দিদি বলার কি দরকার?"

হো হো হো করে হেসে ওঠে পল্লব। বন্টির মুখটা কেমন মিইয়ে যায়।

" এই ওকে খুকি বল সবাই, খুকি ই ই ই!" বলে চলে পল্লব।

এবার ওর দিকে ফেরে পাঞ্চালী , "অনেক হয়েছে। খুব নেশা হয়েছে তোমার। শুতে চল।"

- " না যাব না। বেশ করেছি নেশা করেছি। তোর কি? তোর টাকায় খেয়েছি? শালা ভিখারী, তোর তো কোনো টাকাই নেই।"

বাকিরা বাধা দেয় - " এই কি হচ্ছে পল্লব। চুপ কর!"

পল্লব আচমকা তেড়ে ফুঁড়ে ওঠে। " বেশ করব বলব। শালা কি বাড়ির মেয়েকে বিয়ে করেছিলাম। মেয়ে ভিখারী, মেয়ের বাপ ভিখারী। আমার টাকায় শালা চিকিৎসা হয়েছে , আমার টাকায়!"

থমকে যায় পাঞ্চালি । কি বলছে? কি বলছে পল্লব?

সবাই উঠে পল্লবকে আটকাতে যায়, পল্লব বকেই যাচ্ছে।- " এই শোন আমার কাছে সারা জীবন মাথা নিচু করে থাকবি। যা বলব তাই করবি। আমার টাকায় ট্রিটমেন্ট হয়েছে রে, আমার টাকায়। ভিখারীর দল। যা বেরো এখান থেকে। পাঞ্চালী । শালা নামটাই ফালতু। যা না, তোর ভীম তোকে বাইরে ডাকছে। যা না শালা ভিখারী! আই ডেয়ার ইউ!"

সবাই ঘিরে ধরেছে পল্লবকে। ওর চোখে মুখে জল দিচ্ছে। পল্লব পুরোপুরি মত্ত এখন। পাঞ্চালীর মাথায় আর কিছুই ঢুকছে না। কানের মধ্যে একটা কথাই বাজছে, " আমার টাকায় চিকিৎসা হয়েছে, আমার টাকায়!"

আস্তে আস্তে উঠে দাঁড়ায় পাঞ্চালী। চোখটা এত ঝাপসা কেন হয়ে যাচ্ছে? ধীরে ধীরে ঘর ছেড়ে বেরয়। তখন সবাই পল্লবকে নিয়ে ব্যস্ত। বাচ্চাদের ঘর পেরিয়ে হেঁটে যায়, হোটেলের বাইরের গেট পেরিয়ে হেঁটে যায়। বাইরে হালকা ইলেকট্রিক লণ্ঠনের আলো। সেই আলোয় নিজের ছায়ার দিকে চায় পাঞ্চালী। সেও চলেছে তার সঙ্গে। আনমনে হাঁটতে হাঁটতে এগিয়ে চলে, একটা গাছের ডালে ডান হাতের উপর দিকটা চিরে রক্ত বেরিয়ে আসে। টের পায় না পাঞ্চালী।

ওর কানে শুধু পল্লবের শেষ কথাগুলোই প্রতিধ্বনিত হচ্ছে, " আমার টাকায় চিকিৎসা হয়েছে, আমার টাকায়!"

পুল পেরিয়ে ঘন বনের দিকে পা বাড়ায়। পিছনে কিছু গলা শোনা যায়, " ম্যাডাম, মত যাইয়ে, রুকিয়ে, রুকিয়ে, শের নিকলা হুয়া হ্যায়, রুকিয়ে!"

হঠাৎ সর্ব শক্তি দিয়ে ছুটতে শুরু করে পাঞ্চালী। কয়েক মুহূর্তের মধ্যে মিলিয়ে যায় গহন বনের গহীন অন্ধকারে।

ঝড়

ঝড়ের দাপট কমেছে একটু। বৃষ্টি পড়ছে ঝমঝমিয়ে। সারা পাড়া ডুবে আছে অন্ধকারে। বন্ধ কাঁচের জানলার এপারে রাস্তার দিকে প্রায় অপলকে চেয়ে আছে মধুরা।

বুকের কাছে মঙ্গল সূত্রটা চেপে ধরে আছে হাত দিয়ে। সৌভিক বাড়ি আসেনি এখনো।

ছেলে মেয়ে দুটোকে কোনরকমে খাইয়ে শুয়ে দিয়েছে। যতক্ষণ বাজ পড়ছিল, ওর বুকে মুখ গুঁজে বসেছিল ওরা। মাঝে মাঝে মুখ তুলে জিজ্ঞেস করছিল, "মা, বাবা কখন আসবে?"

"আসবে, আসবে, চলে আসবে" - গলাটা যতটা সম্ভব স্বাভাবিক রেখে উত্তর দিচ্ছিল মধুরা। কিন্তু নিজের বুকের মধ্যে তখন দামামা বাজছে। সন্ধ্যে আটটার পর থেকে সৌভিককে ফোনে পাওয়া যাচ্ছে না। ঝড় তখন তুঙ্গে।

আশীষদা বললেন ওঁর সঙ্গে সৌভিকের কথা হয়েছিল সাড়ে সাতটা নাগাদ। আজ শহর থেকে একটু দূরে একটা সাইট দেখতে গিয়েছিল সৌভিক। ঝড় উঠতেই মধুরা ফোন করে ওকে। প্রথমে বেজে গিয়েছিল। তারপর আর পাওয়াই যায়নি।

হাইওয়ে দিয়ে গাড়ি চালিয়ে আসবে। ভীষণ ভয় করছে মধুরার। সব ঠিক থাকলে ন'টার মধ্যে ফিরে আসত। ওখান থেকে রওনা হয়েছে সাড়ে পাঁচটা নাগাদ।

এখন প্রায় বারোটা। এই মুহূর্তে অপেক্ষা করা ছাড়া আর কিছুই করার নেই। কোনো রকমে মোমবাতি জ্বালিয়ে বাচ্চাদের খাইয়েছে। এখন মোমবাতি গুলো নিভে আসছে প্রায়।

ওরা কেউ এমন ঝড়ের জন্য প্রস্তুত ছিল না। এই সময় কালবৈশাখী হয় ঠিকই, কিন্তু তা যে এমন ভয়ঙ্কর রূপ নেবে সেটা ভাবতেও পারেনি।

এই ঘরের মোমবাতিটা নিভে গেল। সি ই এস সি তেও ফোন যাচ্ছে না। আস্তে আস্তে সব আরো অন্ধকারে তলিয়ে যাচ্ছে যেন।

রাস্তায় জনমানব নেই। এতক্ষনে একটা গাড়ি গেল, তার আলোয় দেখলো দু চারটে গাছ পড়ে গেছে, ইলেকট্রিক তারগুলো ছিঁড়ে ঝুলে রয়েছে। চারিদিকে গাছের পাতা আর ডাল।

গাড়িটা চলে যেতে আবার অন্ধকার। এই অপেক্ষা যেন সহ্য করতে পারছে না আর। চোখ ছাপিয়ে জল গড়িয়ে এলো মধুরার।

ঠিক তখনই বাইরের দরজায় ধাক্কা দিল কেউ।

ছুটে যেতে গিয়ে সেন্টার টেবিলে গুঁতো খেল মধুরা। খুব জোরে লেগেছে পায়ে। তাও এক মুহূর্ত নষ্ট না করে পা টেনে টেনে গিয়ে খুলে দিল দরজা। সৌভিক ! অন্ধকারেও বুঝতে পারে সম্পুর্ণ ভিজে গেছে ও।

"উফ, কি চিন্তায় ফেলেছিলে! এস তাড়াতাড়ি, সোজা স্নানে চলে যাও, আমি গ্যাসে গরম জল করে দিচ্ছি" - মধুরার গলায় অপার উচ্ছ্বাস!

কোনো কথা না বলে ঘরে ঢুকেই তাকে জড়িয়ে ধরে সৌভিক। তার সমস্ত শরীর জবজবে ভেজা। ঠান্ডা। কেঁপে ওঠে মধুরা। কিন্তু সেও জড়িয়ে ধরে তার স্বামীকে।গলার কাছে কান্নার দলা অনুভব করে, ফিরে পাওয়ার খুশিতে।

কতক্ষণ ওরা ঐভাবে ছিল জানে না মধুরা।

মোবাইলটা বেজে উঠতে স্বম্বিৎ ফিরে পেল।

-- "এই তুমি স্নানে যাও", বলে বাইরের ঘরে গেল মধুরা ফোন ধরতে।

--"হ্যালো!"

-- - "হ্যালো!" ওইপারে আশীষদা। "সৌভিক কি ফিরেছে?"

-- - "হ্যাঁ এই ঢুকলো আশীষদা। আমি তোমাকে এখনই ফোন করতাম !"

-- - "যাক, বাঁচা গেল। আমি আর তোমাদের বৌদি তো তখন থেকে ছট ফট করছি। বসও আমাকে দু বার ফোন করলেন এর মধ্যে সৌভিক এর খবর জানতে। আমি ওনাকেও জানিয়ে দিই যে সৌভিক এসে গেছে !"

-- - "হ্যাঁ আশীষদা, আপনি একটু জানিয়ে দিন। জানি, সবাই চিন্তা করবে। তাই তো বাবা মাদেরও কিছুই বলিনি এতক্ষণ!"

ফোন রেখে বাইরে এসে দেখল, বাইরের দরজা তখনও হাট করে খোলা। সৌভিক মনে হয় বাথরুমে গেছে।

দরজা বন্ধ করে ছেলে মেয়েদের ঘরে এল। একি? সৌভিক ওই ভেজা গায়ে দুজনকে জড়িয়ে ধরে শুয়ে আছে। ওরা ঘুমাচ্ছে। শৌভিক ওদের পাশে বালিশে মাথা রেখে শুয়ে। এক হাত দিয়ে দুজনকে চেপে ধরে আছে। কি যে করে না লোকটা ?!

মধুরা চুপিসারে গিয়ে সৌভিকের গা ছুঁল। তাকাল সৌভিক।

- "কি করছ, ওরা তো ভিজে গেল পুরো। তুমি বাথরুম গেলে না কেন? ঠাণ্ডা লেগে যাবে তো!"

মধুরা নিজেও একটু ভিজে গেছে। শাড়ি ছাড়তে হবে। এবার তো বাচ্চাগুলোরও জামা ছাড়াতে হবে মনে হচ্ছে। বিছানাও ভিজে গেছে নিশ্চই।

সৌভিক ফিশ ফিশ করে বলল, "তুমি জানো না মধু, আমি কিসের মধ্যে দিয়ে গেছি আজ। কিভাবে আসলাম তোমাদের কাছে। আজ একটু ছেড়ে দাও আমায়। একটুক্ষণ তোমাদের জড়িয়ে থাকি।"

ঠাণ্ডায় ওর গলা ভারী হয়ে গেছে। খসখসে শোনাচ্ছে। সত্যি, মধুরা জানে কি ভয়ঙ্কর পরিস্থিতির মধ্যে পড়েছিল লোকটা। ওরকম ঝড়ে হাইওয়ে দিয়ে গাড়ি চালিয়েছে। ও ওখানেই বসে পড়ল। মাথায় হাত বুলিয়ে দিতে লাগল সৌভিকের। ওইভাবেই হয়ত ঝিমুনি এসে গেছিল।

হঠাৎ শুনল সৌভিক ডাকছে।

--- "মধু, মধু, ওঠ।"

-- "ও! ঘুমিয়ে পড়েছিলাম? চলো তোমায় খেতে দি।- - "

কারেন্ট আসেনি এখনো। মোমবাতির আবছা আলোয় দেখল সৌভিকের হাতে একটা ব্যাগ।

-- "মধু এই ব্যাগটায় আমার সব কাগজপত্র আছে। বাড়ির দলিল, ব্যাংক, ইনভেস্টমেন্ট, ইন্সুরেন্স, সব। এটা আমার আলমারিতে ছিল। অনেক দিন ধরে ভেবেছিলাম তোমায় দেব, এটা রেখে দাও।-"

-- " কেন? থাক না তোমার কাছে। আমাকে কেন দিচ্ছ ?"

-- "না। এটা তোমার কাছে থাক। আমাকে বেরোতে হয়। কত রকম পরিস্থিতি হতে পারে।"

-- "আচ্ছা, ঠিক আছে। এখন চল, খেয়ে নেবে।"

-"বাবা! "জেগে উঠেছে মিঠি, তাদের মেয়ে।

 - "তুমি এসে গেছ? কখন এলে, আমরা সবাই তোমার জন্য ভাবছিলাম!" বলল মিঠি।

আবার তাকে জড়িয়ে ধরে সৌভিক। বলে,

--- "তাই তো আমি ছুটতে ছুটতে এলাম তোমাদের কাছে।"

 ওদের কথায় উঠে পরে মন্ডাইও।

ছেলের বয়স আট। মেয়ে বারো।

খিলখিল করে হাসছে ছেলে মেয়েরা। কি খুশি বাবাকে দেখে!

মধুরা মুচকি হেসে ব্যাগ টেবিলে রেখে রান্না ঘরে যায়। আর একটা মোমবাতি আছে বাকি। ওটাই জ্বালিয়ে নেয়। ফোনের চার্জ কমে গেছে। আলো জ্বালানো যাবে না।

গ্যাসে খাবার গরম করে টেবিলে সাজিয়ে দেয়। বাচ্চাদের শুইয়ে দিয়ে বেরিয়ে এসেছে সৌভিক। মধুরা তোয়ালে এনে মুছিয়ে দেয় ওর গা, মাথা। নিজের হাতে ছাড়িয়ে দেয় জামাকাপড়। তখনই লক্ষ্য করে সৌভিকের শরীরে বেশ কিছু কাটা দাগ। কিছু জায়গায় কালশিটে।

- "একি, তুমি কি পড়ে গিয়েছিলে? আর তোমার ফোন কই? গাড়ির চাবি?"
-- "চারিদিকে জল মধু, চারিদিকে। হ্যাঁ, পড়ে গেছিলাম। ওগুলো সব জলে পড়ে গেছে।"
-- "কি যে কর। দাঁড়াও, ওষুধ নিয়ে আসি।"
-- "না, কিছু করতে হবে না। তোমাদের কাছে আসতে পেরেছি, আমার সব ব্যাথা ঠিক হয়ে গেছে মধু। তুমি বস এখানে, খেতে দাও।"
--"আচ্ছা তুমি বসে পর। আমি বাচ্চাদের একটু দেখে আসি।"
সৌভিক ওদের গায়ে চাদর দিয়ে দিয়েছে। থাক, ঘুমাক, খুব একটা কিছু ভেজেনি।
- "মা, মোমবাতিটা নিভিয়ে দাও। বাবা এসে গেছে তো। আমাদের আর ভয় করবে না।"বলল মিঠি।
ফু দিয়ে নিভিয়ে দিল মধুরা। দরজা বন্ধ করে চলে এল সৌভিকের কাছে।

খাচ্ছে সৌভিক। কি পরম তৃপ্তিতে।
ওকে বলল , "তোমার হাতে যে কী যাদু আছে, মধু? তোমার হাতের খাবার খেতে আমি বার বার জন্ম নিতে পারি।"
হাসে মধুরা।
--- "রোজই তো খাচ্ছ। আজ নতুন করে ভাল লাগছে?"
তাকায় সৌভিক। তার চোখ দুটো লাল।
--- "হ্যাঁ মধু। আজ সবই বেশি ভাল লাগছে। আজ ফিরতে পারব ভাবি নি। তোমাদের আবার দেখতে পাব ভাবিনি। মধু,তোমাকে কিছু বলার আছে আমার !"
-- --"আচ্ছা, বোলো পরে। খাও এখন।"
খাওয়া সেরে নিজেদের ঘরে আসে ওরা। শেষ মোমবাতিটাও নিভে গেছে। ঘরের দরজা বন্ধ করে, অন্ধকারে ঘন হয়ে আসে দুজন,

বিছানায়। ঝড় থেমে গেছে, কিন্তু বৃষ্টির যেন বিরাম নেই। সৌভিকের বুকের ভিতর মাথা গুঁজে তার বুকের শব্দ শুনতে চায় মধুরা। কিন্তু বৃষ্টির আওয়াজ ছাপিয়ে যাচ্ছে সবকিছু।

--সৌভিক বলে, "মনে আছে মধু, গত বছর তুমি বালি বেড়াতে যেতে চেয়েছিলে? নতুন গাড়ীটা কিনতে গিয়ে সেটা আর হয়ে ওঠে নি।"

---" হুঁ, মনে আছে তো!"

--- "তোমার ইচ্ছে ছিল মিঠির জন্য একটা পিয়ানো কেনার, সেটাও পারিনি!"

---" হুঁ, খুব দাম যে!"

---" না মধু, তোমাদের চেয়ে দামী তো আর কিছু হয়না, চাইলে হয়ত পারতাম, কিন্তু কিনিনি তাও!"

---" ঠিক আছে, হবে !"

-- ---"মন্ডাই বলছিল ওর একটা প্লে স্টেশন চাই, তাও হয়নি, আমি কিছুই দিতে পারিনি তোমাদের হয়ত!"

-- --"কি বলছ, সবই তো তুমি দিয়েছ আমাদের, শোনো, আমার ঘুম পাচ্ছে, ঘুমিয়ে পড়ি চল.."

--- "ঘুম পাচ্ছে? কিন্তু আসল কথাটা তো তোমাকে বলা হল না মধু?"

--- "কাল বোলো সকালে। তুমি কি অফিস যাবে কাল?"

-- "অফিস ?না, অফিস আর যাওয়া হবে না। মন্ডাই মিঠিও স্কুল যেতে পারবে না।"

--- "তা বটে, রাস্তার যা অবস্থা! আচ্ছা শোনো, সকালে তাহলে তোমার বসকে আমার ফোন থেকে কল করে দিও, ঈশ, তোমার অত ভাল ফোনটা গেল!"

---" একটু জেগে থাকো, মধু কথা আছে যে !"

--- "কি কথা? বল.."

--- "মধু, আমি, আমি তোমাদের সকলকে পাগলের মতন ভালবাসি।"

--- "জানি তো! আমরাও তোমাকে ভালবাসি অতটাই! "

---"আমার আজ খুব কষ্ট হয়েছে মধু, শুধু তোমাদের কথা ভেবেছি সারাক্ষণ !"

--- "জানি, আমরাও তো কত চিন্তা করছিলাম, কি অসহায় লাগছিল! কিন্তু শোনো, সব তো ঠিক হয়ে গেছে এখন। চল ঘুমিয়ে পড়ি, আমার চোখ জড়িয়ে আসছে !"

--"আচ্ছা, তাই হোক। ঘুমাও তুমি, আমার কাছে। আরো কাছে এসো। "

আরো জোরে তাকে আলিঙ্গন করে মধুরা। ঘুমের জগতে তলিয়ে যেতে যেতে শুনতে পায় সৌভিকের গলা, "তোমায় খুব ভালবাসি মধু, আমার প্রাণের চেয়েও বেশি..."

মোবাইলটা বেজেই যাচ্ছে ক্রমাগত। ঘুমন্ত চোখে হাতড়ে হাতড়ে বালিশের নীচ থেকে ওটাকে বের করল মধুরা। জানলার বাইরে আলো ফুটেছে। কটা বাজে কে জানে?

মধুরা জড়ানো গলায় বলল, '"হ্যালো"

--"আপনি কি মিসেস ঘোষ বলছেন?"

--- "হ্যাঁ, কে বলছেন?"

-- ---"আচ্ছা শুনুন, আমরা থানা থেকে বলছি। এই নম্বরটা আমরা অম্বিকা কনস্ট্রাকশন-এর অফিস থেকে পেলাম। কাল রাতে হাইওয়ের ধারে একটা পুকুরে আপনার স্বামীর গাড়িটা পরে যায়। ঝড় জলে মনে হয় স্কিড করেছে। আজ সকালে ওখানকার লোকাল লোকদের থেকে খবর পেয়ে আমরা গিয়ে গাড়িটা তুলি।"

--- "কি? "উঠে বসে মধুরা। গাড়ি জলে পড়ে গেছে? চকিতে পাশে তাকায়। সৌভিক নেই, উঠে গেছে পাশ থেকে। এখুনি উঠেছে হয়ত। বালিশটা ওর মাথার ভারে গর্ত হয়ে আছে।

--"আচ্ছা, ও, গাড়িটা পেয়েছেন আপনারা?"

---“ হ্যাঁ, আর, আর,.. আপনার স্বামীকেও । ওনার দেহটা গাড়ির ভিতরেই ছিল।“

--- "কি? কি বলছেন?" মাথার মধ্যে সব এলোমেলো হয়ে যাচ্ছে মধুরার। কাকে তার স্বামী ভেবেছে এরা? কাকে পেল? কার গাড়ি?

মোবাইলটা আরো জোরে খামচে ধরে, বলে,- "আপনাদের কোথাও ভুল হচ্ছে। "

-- --- “ম্যাডাম, আমাদের বলতে খুবই খারাপ লাগছে। মিস্টার সৌভিক ঘোষ মনে হয় গাড়ির দরজা খুলে বেরোতে পারেন নি। পুকুরটা যথেষ্ট গভীর। ওনার ফোনটাও পাওয়া যায়নি, শুধু পিছনের সিটে একটা সুটকেস ছিল, তার মধ্যে কিছু কাগজ ছিল, সবই ধুয়ে গেছে। আমরা কোনো রকমে ওই অম্বিকা কনস্ট্রাকশন- এর নামটা পেয়েছি তার মধ্যে। ওখান থেকে এক দারোয়ানকে নিয়ে এসে বডি টা আইডেন্টিফাই করিয়েছি। ওই লোকটাই আশীষবাবু না কে, তাকে ফোন করে আপনার নম্বর জোগাড় করে দিয়েছে। আপনাকে একবার থানায় আসতে হবে, প্লীজ।“

মধুরা কিছুই বুঝতে পারছে না। চুপ করে ধরে আছে ফোন। এরা কি বলছে?

ওপাশ থেকে গলা শোনা যাচ্ছে,- "মিসেস ঘোষ, আপনি শুনতে পাচ্ছেন? আপনাকে কি আমরা গাড়ি পাঠিয়ে নিয়ে আসব, মিসেস ঘোষ?"

ফোন বন্ধ করে উঠে দাঁড়াল মধুরা। কেউ কি মস্করা করছে? এ কেমন মজা, ছি!

ছুটে পাশের ঘরে গেল। ছেলে মেয়েরা ঘুমচ্ছে। সৌভিক নেই। বারান্দায় গেল। দুটো বাথরুম। রান্নাঘর। কোথাও নেই।

কেমন যেন অস্বস্তি লাগছে। এসব কি হচ্ছে? কেন হচ্ছে ? হঠাৎ থমকে দাঁড়িয়ে চেঁচিয়ে ডাকল, “সৌভিক, কোথায় তুমি? !!”

ঝনঝন শব্দে কাঁচ ভেঙে পড়ল কোনো। তার নিজের ঘর থেকেই এল আওয়াজটা। ছুটে গেল মধুরা। ঘরের সঙ্গে লাগোয়া বারান্দার

দরজা হাট করে খোলা। টুকরো টুকরো কাঁচ পরে আছে ঘরের মেঝেয়। ড্রেসিং টেবিলের আয়নাটা ভেঙে গেছে।

তবে কি ঝড় এলো আবার?

ওটা কি? বিছানার উপর এক টুকরো কাগজ। তুলে নিল মধুরা। লাল কালি দিয়ে লেখা? না কি রক্ত? সৌভিকের হাতের লেখা। লিখেছে,

"এবার যে যেতে হবে।

ভালো থেকো তোমরা। ইতি, তোমার সৌভিক।"

জোনাকি

জোনাকি দেখতে খুব ভালোবাসে লোটন। ফুটবল খেলে ফেরার সময় ঘুরপথে বাড়ি ফেরে। ওইদিকটায় ঝোপঝাড়ের জঙ্গল। গণেশ, রবিরা যেতে যায়না। ওদের নাকি ভয় করে।

আলো নেই একেবারে। আগাছায় ভর্তি। ওইখানে অন্ধকারে শুয়ে শুয়ে জোনাকি জ্বলে। আর ঝিঁঝিঁ পোকার ডাক।

লোটনের ভয় করে না। সাপ খোপ থাকতে পারে, এটাই যা চিন্তা। লোটনের বাড়িতে একটা টর্চ আছে। ওর বাবা একবার কলকাতা থেকে এনে দিয়েছিল। ওইটা নিয়ে আসে । ওইটা জ্বালিয়ে আশপাশটা দেখে নেয় একবার। তারপর নিভিয়ে দিয়ে চুপ করে জোনাকিদের দেখে লোটন।

মাঝে মাঝে আকাশের দিকে চায়। যেদিন মেঘ থাকে না, তারাগুলোও জোনাকির মতন জ্বলে।

আজও লোটন চুপ করে দাঁড়িয়ে দেখে কিছুক্ষণ। তারপর বাড়ির দিকে হাঁটা দেয়।

বাড়ির কাছাকাছি এসে চটিটা ছিঁড়ে গেল। লোটন প্রায় পড়ে যাচ্ছিল হুমড়ি খেয়ে। কোনক্রমে উঠে দাঁড়িয়ে চটিটা হাতে তুলে দেখল। মাথা নাড়ল আক্ষেপে। আজ আবার বকবে মা। খালি পায়ে বাড়ি ঢুকল। স্নানঘর থেকে জলের শব্দ আসছে। মা নিশ্চই স্নান করছে। যাক। চুপচাপ কাঠের গাদার পিছনে লুকিয়ে রাখল চটি দুটো।

উঠোনে রাখা বালতি থেকে জল নিয়ে হাত পা ধুলো। দাওয়ায় ওঠার আগে একবার বাইরের ঘরের দরজায় উঁকি দিল। কাঠের তক্তাপশে বাবা শুয়ে আছে পিছন ফিরে। তার কঙ্কালসার পিঠ ওঠা নামা করছে নিশ্বাসের তালে তালে। ভিতরের ঘরে চুটকি বই নিয়ে বসে আছে। অন্য কিছু করছিল সে। ওকে দেখে তাড়াতাড়ি বই হাতে তুলে নিল।

- "কি করছিস, দেখি?"

ওর বই ধরে এক টান দিল লোটন। দুই পাতার ফাঁকে একটা ছেঁড়া কাগজ, তাতে একটা মেয়ের ছবি। তার উপরে পেন্সিল দিয়ে নাকের নথ, টিকলি, টিপ এইসব আঁকা।

এক গাঁট্টা দিল চুটকির মাথায়।

- "বলব মা কে? এইসব করছিস? পড় ঠিক করে। আর শোন, যা একটু মুড়ি নিয়ে আয় তেল দিয়ে মেখে!"

- "না যাব না। তুই বল গে যা মাকে। আমিও বলে দেব তুই একা একা জোনাক বনে যাস।"

- "বেশ করি, তোর কি?"

- "যাও না, একদিন মা মনসার দেখা পাবে, বুঝবে।"

- "ওরে আমার মনসা রে, যা, মুড়ি নিয়ে আয়!"

মা ঢোকেন ঘরে।

- "বাড়ি এসেছ? কৃতার্থ করেছ একেবারে। এসেই ঝগড়া! যা নিজে মুড়ি মেখে আন গিয়ে। ওকে পড়তে দে।"

লোটন আর কথা বাড়ায় না। মা আজকাল সবসময় রেগে থাকে। হয় ওকে বকছে, নয়ত চুটকিকে মারছে।

চুটকি ওকে ভেংচি কেটে পড়তে থাকে।

লোটনের বাবা কলকাতায় একটা ফ্যাক্টরিতে কাজ করত। ওরা চামড়ার জিনিস বানায়। মাসে দু বার আসত। কিন্তু হঠাৎ কাশি শুরু হল বাবার। সে আর ঠিক হয়না। তারপর মাস ছয়েক আগে বাবার টিবি ধরা পড়ল। সেই থেকে বাবা বাড়িতে। সারাদিন শুয়ে থাকে।

লোটনকে ওরা ডেকেছিল বাবার কাজটা দেবে বলে। কিন্তু মা যেতে দিল না। বলল, আগে লেখা পড়া শেষ হোক।

মা নিজে একটা কাজ নিল। খানিক দূরে একটা বড় বাড়িতে বাচ্চাদের দেখাশোনার কাজ। সকাল ছ'টা থেকে সন্ধ্যা ছ'টা। ভোর বেলা উঠে ওদের জন্য রান্না করে দিয়ে যায়। সন্ধ্যে বেলা এসে স্নান করে আবার রান্না চাপায়।

রান্নার বেশিটাই বাবার জন্যে। বাবাকে রোজ দুটো করে ডিম দিতে হয়। সপ্তাহে একদিন মাছ, একদিন মাংস। দুধ দিতে হয়, ফল দিতে হয়। তাই বাকিদের ডাল, ভাতটুকুই জোটে। মিথ্যে বলবে না লোটন, বাবাকে যখন দুপুরে খেতে দেয় ও আর চুটকি, তখন বড় লোভ হয় ওদের। মনে হয় একটা ডিমে একটু কামড় বসিয়ে দেয়। বাবা অম্লান বদনে খেয়ে নেয় সব। ওদের দেয় না কিছু। খায়, আর শুয়ে থাকে। লোটনের রীতিমত গা জ্বলে।

লোটন ফুটবল ভালই খেলে। একটা ক্লাবে যোগ দিয়েছে। ওরা এদিক ওদিক খেলতে নিয়ে যায়, এক দুশো টাকা দেয়, সেই টাকা জমিয়ে একটা ভাল খেলার জুতো কিনেছে ও। কোনো টুর্নামেন্ট থাকলে পরে।

সেদিন মা বাড়ি ঢুকতেই বাবা মাকে বলে, " ছেলে কি বেঈমান দেখ, টাকা দিয়ে বাপ, মা বোনের জন্যে কিছু না করে নিজের জুতা কিনেছে, জুতা! "

মা সদ্য বাড়ি ফিরেছে। লোটন ভেবেছিল মা জুতো দেখে খুশি হবে। উল্টে মা কোনো কিছু না শুনে পাখার বাড়ি মারলো ওর পিঠে।

আজ আবার চটিটাও ছিঁড়ে গেল। তিন বার সরানো হয়েছে, তাও বার বার ছিঁড়ছে। কিন্তু এ কথা মা কে বললে আর রক্ষা নেই।

লোটনের মন ভাল লাগে না। সারাদিন মা বাড়ি নেই, আর যেটুকু সময় থাকে, হয় কাজ করে, নয়ত চেঁচায়।

লোটন তাই মায়ের থেকে দূরে দূরে থাকে ইদানিং। সন্ধ্যে বেলা বাড়ি ঢুকতে মন চায় না আর। খেলার পর সবাই যখন বাড়ি চলে যায়, ও এদিক ওদিক ঘুরে বেড়ায় খানিক। এইরকম ভাবেই একদিন ওই জোনাক বনের দিকে চলে গেছিল। সেই অন্ধকার আগাছার বনের মাঝে জোনাকির ঝকমকানি দেখে থমকে গেছিল লোটন। ওখানে দাঁড়িয়ে থাকলে সব দুঃখগুলো যেন হারিয়ে যায় কিছুক্ষণের জন্য।

মুড়ি খেয়ে বই নিয়ে বসল লোটন। মা ঘুরতে ফিরতে ওকে আর চুটকিকে দেখে যাচ্ছে। অথচ বইয়ের পাতায় চোখ রাখলেই ঝিমুনি

লাগে লোটনের। যাই হোক, কোনক্রমে ঘণ্টা খানেক পার করতে পারলে ঝামেলা শেষ। মা রাতের খাবার দেবে। তারপর ঘুম। সকালে যখন উঠবে, তখন মা বেরিয়ে গেছে।

আগে রতন স্যারের কাছে পড়তে যেত। কিন্তু স্যার বদলি হয়ে চলে গেল। নতুন মাস্টারের কাছে গেলে বেশি টাকা দিতে হবে। তাই এই কয়েক মাস কোথাও পড়তে যায় না আর। ক্লাসের পরীক্ষাতেও খুব খারাপ করেছে। সে কথা অবশ্য মাকে বলেনি। বললে মা পেটাবে, তারপর যে করেই হোক তাকে কোথাও পড়তে পাঠাবে। কিন্তু এমনিতেই সংসার চলে না, আরও তিন চারশ টাকা মাসে মাসে খরচা।

লোটন এইটুকু বুঝেছে, ওদের মতন বাড়িতে পড়াশোনা করে কিছুই লাভ নেই। তাও যদি ওর মাথা বুড়োর মতন হত। বুড়োর বাড়িতেও টানাটানি, কিন্তু ও একা একা পড়াশোনা করে ফার্স্ট হয়। লোটন পারবে না। লোটন একটু ফুটবল খেলতে পারে, তাও ওর থেকেও ভালো খেলে খোকা, শিবুরা। ওরা আলাদা করে কোচিং নেয়, সেটাও লোটন পারবে না। কি হত ব্যাগ কারখানায় কাজ করলে? দুটো পয়সা তো পেত! এই রোজ রোজের অশান্তি হত না।

মা কিন্তু কিছুতেই যেতে দেবে না। মা আট ক্লাস অব্দি পড়েছে। লোটন শুনেছে মা লেখাপড়া করতে চেয়েছিল আরো, কিন্তু মাকে জোর করে বিয়ে দিয়ে দেয়। তাই মা ওদের পড়াতে চায়। এর কোন মানে হয়?

চুটকিও ওর মতন। পড়ায় মন নেই। মা বেরিয়ে যাওয়াতে আরো সুবিধে হয়েছে ওর। সারা দিন টো টো।

আজ লোটন শুয়ে শুয়ে একটা কেমন যেন স্বপ্ন দেখলো। দেখলো ও আর মা জোনাক বন দিয়ে হাঁটছে। কেউ কাউকে দেখতে পাচ্ছে না, এত অন্ধকার। মা ওর হাত ধরে আছে চেপে, হাতের স্পর্শে বুঝতে পারছে মাও ওর মতন মুগ্ধ হয়ে জোনাকি দেখছে।

যখন ঘুম ভাঙলো, মা বেরিয়ে গেছে। আজ দুপুরে একটা খেলা আছে গোবরডাঙায়। তার খেলার জুতো জোড়া বাড়ির পিছনে বটগাছের নিচে লোকানো আছে। ওইটা বের করে রাখল। একবার

বেরোতে হবে তার আগে। মা বলেছে রেশন তুলতে। কালকের ছেঁড়া চটিটা দেখল একবার। ওটার আর কিছুই নেই । চারিদিক দিয়ে ছিঁড়েছে। অগত্যা খেলার জুতো পরেই বেরোলো। আজ যে টাকা পাবে, তাই দিয়ে চটি কিনবে। ভাবতেই সেই দিনের পাখার বাড়ির কথা মনে পড়ল অবশ্য।

রেশন দোকানে লম্বা লাইন। বিরক্ত লাগে লোটনের। বেশি ভাগই মহিলা। তাদের মাঝখানে মুখ কাঁচু মাচু করে দাঁড়িয়ে রইল।অনেকেই তার জুতো দেখছে। একটা রঙ চটা গেঞ্জি পরেছে সে। তার সাথে জুতো জোড়া বড়ই বেমানান। চোখে লাগছে। লোটন অন্যদিকে মুখ করে আছে। উফ, রেশনটা পেলেই পালাবে।

- "কিরে লোটনা, কি জুতো পরেছিস রে? রেশন দোকানে কি ফুটবল খেলবি?"

মুখ ঘুরিয়ে দেখে, আকাশ। দাঁত বের করে হাসছে। সঙ্গে কয়েকটা চ্যালা চামুণ্ডা। আকাশ গ্রামের অন্যতম বখে যাওয়া ছেলে। অন্যরা দূরে থাকে ওদের থেকে।

লোটন কিছু বলল না।

-" কিরে, আমায় দিবি তোর জুতোটা একদিন?"

লোটন চুপ।

আকাশ এগিয়ে আসে। লোটনের থুতনিতে হাত দিয়ে বলে "লজ্জা পাচ্ছিস নাকি, দে না একদিন আমায়। আমাদের ভাই রোজগেরে মা নেই যে কিনে দেবে, দে না !"

হঠাৎ মায়ের শ্রান্ত ক্লান্ত মুখটা ভেসে ওঠে চোখে।

কি যেন হল লোটনের। মারল এক ধাক্কা আকাশকে ।

আচমকা ধাক্কায় ছিটকে পড়ে গেল আকাশ। সবাই অবাক। আকাশের সাথে এখানে কেউ ঝামেলা করে না।

আকাশ দু মুহূর্ত অবাক হয়ে দেখে। তারপর সে আর তার সঙ্গীরা ঝাঁপিয়ে পড়ে লোটনের উপর।

পেটে, মুখে ঘুষি এসে পড়ছে। লোটন সর্ব শক্তি দিয়ে নিজেও চড় চাপর ঘুষি চালাতে লাগল। আশপাশের লোক ছুটে এসেছে। থামাবার চেষ্টা করছে।

হঠাৎ লোটনের মাথায় একটা বেমক্কা আঘাত লাগল। চোখের সামনেটা অন্ধকার হয়ে এল চকিতে। মাটিতে লুটিয়ে পড়ার আগে লোটন দেখল গভীর অন্ধকারে শত শত জোনাকি।

বুকের ভিতর থেকে যেন বেরিয়ে এল শব্দটা - "মা আ আ আ আ গো ও ও ও!"

একটা ঘোর। আস্তে আস্তে চোখ খুলল লোটন। দূরে, ঝাপসা ঝাপসা কিছু অবয়ব। ধীরে ধীরে স্মৃতি ফেরে। প্রথম চিন্তাই হয়, মা কি বলবে ? কেমন এমন করল লোটন? আকাশরা তো এরকমই, ওদের উত্তর না দিলেই হত। মা বলবে, "এই শিক্ষা পেয়েছিস? মারপিট করছিস?"

তারপরেই কঁকিয়ে ওঠে। তীব্র ব্যথা মাথায়। এটা কোথায়? ডাক্তারখানা?

ভাল করে তাকিয়ে দেখে, ও, এটা তো ওদের বাইরের ঘর। বাবার তক্তাপশে শুয়ে আছে সে। দূরে দাঁড়িয়ে ভোলা ডাক্তার, সন্টার বাবা, আরো কয়েকজন। কথা বলছে।

ওদের দিকে তাকাল ওরা। ছুটে এল।

- "লোটনা, ব্যথা করছে?" জিজ্ঞেস করল ভোলা ডাক্তার।

হালকা করে মাথা নাড়ল লোটন।

গলা শুকিয়ে আছে, ফিসফিস করে জিজ্ঞেস করল,

- "মা, মা কোথায়?"

মাথায় হাত রাখল কেউ। কাঁপা কাঁপা।

- "মা ওষুধ আনতি গেসে !"

বাবার গলা।

ডাক্তার বলল, "চোখ বন্ধ করে থাক। ওষুধ দিয়েছি। ব্যান্ডেজও করে দিয়েছি। মা গেছে আরো কয়টা ওষুধ আনতে!"

চোখ বন্ধ করে লোটন। বাবা মাথায় হাত বুলিয়ে দিচ্ছে। চোখের কোল বেয়ে জল নেমে আসে লোটনের।

আবার হয়ত ঘুমিয়ে পড়েছিল। যখন ঘুম ভাঙলো তখন অন্ধকার হয়ে গেছে। ঘরে সব আলো নেভানো। বাইরে থেকে একটু আলোর রেখা এসে পড়েছে। তাকে ঘিরে বসে আছে মা, বাবা আর চুটকি।

সে তাকাতে মা হাত বাড়িয়ে লোটনের হাত ধরল। সেই স্বপ্নের মতন। লোটন ফিসফিস করে বলল," আমি আর এরকম করব না মা"!

- " বেশ করেছিস, মা তুলে কথা বললে মুখ ভেঙে দিবি! তোর ওই জুতা দিয়ে পিটলি না কেনো? ওদের খ্যামতা আছে এমন জুতা কেনার নিজের টাকায়? তোর আসে!" বলল বাবা।

লোটন দেখল, বাবা একটু একটু হাঁপাচ্ছে, খাট ধরে বসে আছে। কাঁপছে সামান্য। পাঁজরের হাড় গুলো বড় স্পষ্ট। কিন্তু চোখে যেন আগুন ঝরে পড়ছে।

চুটকি এগিয়ে এল সামনে।

- " দাদা জানিস, বাবলু মামারা আকাশদের খুব পিটিয়েছে, হি হি হি!"

মা বসে আছে চুপ করে, তার হাত ধরে। আজ লক্ষ্য করল, মায়ের চোখের তলায় গভীর কালি। হাত দুটো রোগা হয়ে গেছে। খসখসে।

কিন্তু অনেক অনেক দিন পর, মায়ের মুখে কোনো রাগ নেই। চিন্তার রেখা কপালে, কিন্তু মা যেন সেই আগের মতন মমতাময়ী।

অনেক অনেক দিন পর আবার তারা চারজন একসাথে, পাশাপাশি, কাছাকাছি। এক বাড়িতে থেকেও তারা যেন কেমন দূর দুর ছিল এতদিন।

অন্ধকারে ঝাঁকে ঝাঁকে জোনাকি একসাথে আলো জ্বালে, তাতে আঁধার কাটে না, তবু তারা অন্ধকারের বুকে ছবি আঁকে। যেন তারা বলে, "যতক্ষণ না সূর্য উঠবে, আমরা অন্ধকারকেই উজ্জ্বল করে রাখব।"

এক আকাশের নীচে

বুকের মধ্যে ঢিপ ঢিপ করছে। আবার একটু জল খেল আদৃত। এরকম তো প্রথম প্রেমের সময় হয়েছিল। আজ আবার এমন কেন হচ্ছে?

সামনে বসে সমানে বকর বকর করছে আসমান। আদৃত শুনছে, কিন্তু মাথায় ঢুকছে না কিছু। বারে বারে দরজার দিকে তাকাচ্ছে।

নভি মুম্বাইয়ের একটা ক্যাফে। দারুণ সাজানো গোছানো। হালকা সুরে পিয়ানো বাজছে। ঘড়িতে এখন সন্ধ্যে সাড়ে সাতটা প্রায়।

দু দিন আগে মুম্বাই এসে পৌঁছেছে আদৃত, নতুন চাকরি নিয়ে। আসমানের বাড়িতে আছে এখন। সাত তাড়াতাড়ি বিয়ে করে আসমান এখন ঘোর সংসারী। যদিও ওর স্ত্রী রুপসেনা খুব মিশুকে এবং পরোপকারী, তবুও ওদেরকে বেশি বিরক্ত করতে ভাল লাগছে না। আসমান বলেছিল থাকার জায়গা ঠিক করে দেবে। এই দুদিন যাবৎ সেটা করে দেবার জন্য তাকে খুব তাড়া দিচ্ছে আদৃত।

একটা যোগাযোগ বেরিয়েছে। আসমানের এক বন্ধুর বন্ধু একজন ফ্ল্যাট-মেট খুঁজছে। তার আগের ফ্ল্যাট-মেট নাকি হঠাৎ চলে গেছে কোনো নোটিশ না দিয়ে।

একটাই সমস্যা। উনি বন্ধুর বন্ধু নন ঠিক, বন্ধুর বান্ধবী। এই নিয়ে দু দিন ধরে প্রচুর আলোচনা চলছে। কি করা উচিৎ ? কোলাবার কাছে থাকার জায়গা পাওয়া খুব কঠিন। সে ক্ষেত্রে একে লটারি পাওয়া বলা চলে। কিন্তু একজন মহিলার সঙ্গে এক ছাদের তলায় থাকা আদৃতে জন্য খুব সহজ কাজ নয়।

কথাটা ভাবলেই আদৃতের সামনে মায়ের মুখটা ভেসে উঠছে। একদিন না একদিন জানবেন মা, সেদিন কি হবে? বাবা হয়ত হাসবেন, কিন্তু মা? ভেবেই যেন তেতো ঢেঁকুর উঠে আসছে গলার কাছে।

দ্বিতীয়ত, বন্ধু -বান্ধব এবং আমাদের তথাকথিত সমাজ। যদিও কাল রূপসেনা জোর তর্ক জুড়েছিল - " সমাজ? কি সমাজ? কে সমাজ?

আরে তুমি কোন যুগে আছ বলত? এখন সমাজ অনেক কিছুই মেনে নেয়। তাছাড়া মানুষের অত সময় নেই, এই নিয়ে দু দিন কথা বলবে, তারপর ভুলে যাবে। আর কোন সমাজ এসে তোমার বাড়ি খুঁজে দেবে শুনি? আমাদের দরকারে কে আসে?"

রূপসেনার কথা শুনে ইডিয়েট আসমানটা সমানে দাঁত বের করে হাসছিল আর বলছিল, " এই সুযোগ ছাড়িস না কিন্তু!"

তবে সত্যি বলতে কি, আদৃত কিন্তু আসলে একটা রোমাঞ্চ উপলব্ধি করছে। এই প্রথম কোনো মহিলার সঙ্গে একই বাড়িতে থাকা হবে, যদি হয় অবশ্য। ভাবলেই পেটের মধ্যে কিরকম হচ্ছে। ভদ্রমহিলার পুরুষ ফ্ল্যাট-মেটের সঙ্গে থাকতে কোনো আপত্তি নেই। সুতরাং ধরে নেওয়া যায় উনি যথেষ্ট উদার মানসিকতার। সে কথা ভেবে বেশ পুলকও হচ্ছে আদৃতের।

তবে, ভদ্রমহিলা আগে একবার দেখা করতে চান। সেতো নিশ্চই, এক সঙ্গে থাকা বলে কথা। অর্থাৎ একই ফ্ল্যাটে। দেখতে তো চাইবেনই।

আদৃত নিজেও দেখতে চায় ওঁকে। তাই আজ এই ক্যাফেতে মিটিং। আদৃত মনে মনে প্রার্থনা করছে, উনি যেন ওর মনের মতন হন, আর তাকেও যেন ওঁর ফ্ল্যাট-মেট হিসেবে পছন্দ হয়। সেই কথা ভেবেই একটু ভয়, একটু চিন্তা, একটু ভাললাগা মিলিয়ে এরকম বুক ঢিপ ঢিপ হচ্ছে ।

হঠাৎ আসমানের বকবকানি থেমে গেল। একটুক্ষণের জন্য ওর দিকেই তাকিয়ে ছিল আদৃত। সামান্য হাঁ হয়ে গেল আসমান।

তার দৃষ্টি অনুসরণ করে দরজার দিকে তাকিয়ে আদৃতের মুখটাও হাঁ হয়ে গেল অনেকটা।

দরজা দিয়ে যিনি ঢুকছেন, তাঁকে সুন্দরী বললে খুব কম বলা হবে। তিনি যেন আপাদমস্তক বিদ্যুতের ঝলক। এক ঢাল খোলা চুল, পরণে সাদা শাড়ি, ঠোঁট হালকা লাল। ক্যাফেতে বসা প্রতিটা মানুষের দৃষ্টি ঘুরে গেল ওঁর দিকে।

ভদ্রমহিলা এদিক ওদিক তাকিয়ে ওদের টেবিলের দিকেই এগিয়ে এলেন। আদৃতের মনে হল ও চেয়ার ভেঙে পড়ে যাবে। মাথাটা ঘুরে গেল যেন একটু। আসমান একটা টিস্যু পেপার খামচে ধরল। মুখটা বন্ধ হয়নি এখনও। ভদ্রমহিলা এসে দাঁড়ালেন। মুচকি হাসলেন একটু। "আসমান রায়?" জিজ্ঞেস করলেন।

আসমান একটা ভীষণ বোকা হাসি দিল। উঠতে গিয়ে একটা চামচ ফেলে দিল মাটিতে। সবাই ওদের দেখছে। আদৃত কি করবে ঠিক বুঝতে পারছে না। চেয়ার থেকে খানিকটা উঠে, একটা বিচিত্র ভঙ্গিমায় দাঁড়িয়ে রইল।

- - "ব্যায়ঠিয়ে" বলল আসমান। একটা তৃতীয় চেয়ার রাখাই ছিল। ওটাতে বসলেন মহিলা। ওঁর নাম রাধিকা দাত। সেটাই শুনেছিল আদৃত। পাঞ্জাবি নিশ্চই।

- "আরে, আপনারা বাঙালি তো?"-তাদের চমকে দিয়ে বললেন রাধিকা।

"- অ্যাঁ, হ্যাঁ হ্যাঁ, আমরা ঐ, ঐটাই"--আমতা আমতা করছে আসমান।

- "আচ্ছা, তাহলে আপনি আসমান আর আপনি আদৃত।"

- খুব কষ্ট করে হ্যাঁ বলল আদৃত। একবার ওয়াশ রুম গেলে ভাল হত।

এইবার চেয়ার ঘুরিয়ে সোজা তার দিকে তাকিয়ে বসলেন রাধিকা। চোখে চোখ রাখলেন। কাজল কালো দুটো চোখে ডুবে যেতে থাকল আদৃত।

উনি বলে চলেছেন,- "আমাদের দুটো বেডরুম। আমার আগের ফ্ল্যাট-মেট চলে যাবার পর আমি রুমটা একদম নতুন করে ফার্নিশিং করিয়েছি। ছবি পাঠিয়ে দেব, দেখে নিও। আমি এটা সাব লেট করছি, তাই অ্যাডভান্স আর রেন্টের অর্ধেক টাকা আমাকেই দেবে.."

আদৃত তখন মনে মনে বলছে," দূর টাকা, তুমি আমার প্রাণটাই নিয়ে নাও।"

কোনো রকমে জোর করে কথা গুলো শোনার চেষ্টা করল আদৃত।

ভদ্রমহিলা বললেন, -"আমরা দুজন দুজনের প্রাইভেসিতে হস্তক্ষেপ করব না কিন্তু। পালা করে রান্না করব, একদিন অন্তর। ফ্রিজের উপরের দুটো তাক আমার, নিচের দুটো তোমার। রাত এগারোটার পর আমাকে কোনো ভাবেই ডিস্টার্ব করবে না। আমার কাছে এক সেট চাবি, তোমার কাছে এক সেট চাবি থাকবে।"

আদৃত একবার আসমানের দিকে তাকালো। আসমান ধাতস্ত হয়েছে একটু। গোল গোল চোখ করে দেখছে। ও তাকাতেই ওকে ইশারা করে বলল, " তুই গেলি"!

ভদ্রমহিলা একাই কথা বলে গেলেন প্রায়। ওঁর জন্যে কফি বলা হয়েছিল। উনি একটু থেমে চুমুক দিলেন কাপে। আসমান ওকে আবার ইশারা করে বলল - "তুই কিছু বল "।

আদৃত গলা খাঁকারি দিল। বলল, " ইয়ে, মানে, আমি বুঝিনি আপনি বাঙালি"!

- " হ্যাঁ, নাম শুনে কি করে বুঝবে ?রাধিকা তো সারা ভারতবর্ষে প্রচলিত একটা নাম। আর আমার তো সোশাল মিডিয়ায় কোথাও কোনো অ্যাকাউন্ট নেই যে চেক করবে।"

- "আচ্ছা আমাকে কে কি আপনার.." বলে থেমে গেল আদৃত। কি বলবে? পছন্দ হয়েছে? ভালো লেগেছে? ইশ, একটাও ভাল শোনাচ্ছে না। কথাটা গিলে ফেলল।

একটু হেসে রাধিকা বললেন, " ঠিকই আছে।"

ব্যাগ গোছানো চলছে। আজ সন্ধ্যায় নতুন বাড়ি যাবে আদৃত। আর কাল সকালে আসমানরা যাচ্ছে কলকাতা বেশ কিছুদিনের জন্য। আসমানের কাকার মেয়ের বিয়ে। কয়েকদিন ওখান থেকেই ওরা ওয়ার্ক ফ্রম হোম করবে। কাল থেকে যেন একটা অন্য জগতে বিচরণ করছে আদৃত। কেমন ভেসে ভেসে বেড়াচ্ছে। আসমান বলছে, "তুই শালা আগের জন্মে কিছু পূণ্য করেছিলি মাইরি।"তাই শুনে রূপসেনা বলল, " তাই নাকি? তুমিও ওই পুণ্যের ভাগীদার হয়ে যাও। যাও ওদের সঙ্গে গিয়ে থাকো!"

-"আহা, একি, আমার খুশিতে খুশি না হয়ে তোমরা কোন্দল কোরনা," বলছে আদৃত।

রূপসেনা এক গাদা খাবার প্যাক করে দিচ্ছে। শুকনো খাবার, এটা সেটা। নিজেদেরও প্রচুর জিনিসপত্র গোছাচ্ছে স্যুটকেসে। বিয়েবাড়ি বলে কথা। সন্ধ্যে সাতটায় ওরা ওদের ঠিকানায় পৌঁছাল। আসমান আর রূপসেনা দুজনেই এসেছে সঙ্গে। ফ্ল্যাটটা ছ 'তলায়। বিল্ডিংটা খুবই সুন্দর, ঝকঝকে। নীচে সব বলা ছিল। একজন দারোয়ান ওদের ফ্ল্যাট অব্দি নিয়ে এল। ওর কাছেই ছিল চাবিটা। রাধিকা ফেরেনি অফিস থেকে এখনও। দরজার উপর একটা কাগজ আটকে রাখা। তাতে ইংরেজিতে লেখা, "নতুন বাড়িতে স্বাগত। নিজের মতন গুছিয়ে নাও। ইতি, রাধিকা।"

ওরা তিনজন মিলে গোছগাছ করল একটু। ফ্ল্যাটটি খুব রুচিসম্মত ভাবে সাজানো। সোফা নেই, গদির উপর নানারকম বালিশ দিয়ে সাজানো হয়েছে বসার জায়গাটা। চারিদিকে নানা ধরনের ল্যাম্প। সারা বাড়িতে একটা আলো-আঁধারির পরিবেশ, আর একটা সুন্দর গন্ধ। আসমান আর রূপসেনা ক্রমাগত মস্করা করছে আদৃতের সাথে, -" উফ, শুধু রাজকন্যা নয়, গুণী রাজকন্যা, রাজত্ব, সব পেয়ে গেছ।"

ন'টার সময় আসমানরা চলে গেল। অনেকটা যেতে হবে গাড়ি চালিয়ে। তখনও ফেরেনি রাধিকা। - " ইশ, আমার আর রাধিকার সঙ্গে আলাপ হল না," বলল রূপসেনা।

সুইগী করে ডিনার অনিয়ে নিয়েছিল ওরা । খেয়েই গেল আসমানরা। আদৃত ওদের সঙ্গে খেয়ে নিয়েছে। রাধিকার খাবারটা বাইরের টেবিলে রেখে দিল।

ঘুমিয়ে পড়েছিল আদৃত। ক্লান্ত ছিল। ঘুম ভাঙল মাঝ রাতে। সারা বাড়িতে তখন ধুপ ধুনোর গন্ধ। মহিলা বেশ ধার্মিক মনে হয়। পুজো -টুজো করেন হয়ত । অথবা এটাও ঘর পরিচর্যার একটা অঙ্গ। একবার বাইরে এসে দেখল আদৃত। খাবার খেয়ে নিয়েছে

রাধিকা। টেবিল, রান্নাঘর সব পরিপাটি করে রাখা। রাধিকার দরজা বন্ধ।

পরের দিন সকালে উঠেই প্রথম যে কাজটা করল আদৃত, সেটা হল ছবি তোলা। রাধিকা ঘর থেকে বেরোল একটা সাদা টি শার্ট আর শর্টস পরে। মুখে এক ফোঁটা মেক আপ নেই, শুধু চোখে সামান্য কাজলের রেখা। তাতে যেন তার সৌন্দর্য্য আরো বেড়ে গেছে। "হাই" বলে মিষ্টি হাসি দিয়ে কফির কাপটা তুলে নিল। কফি বানিয়ে রেখেছিল আদৃত।

আদৃত দুম করে বলল, " আমার তো আর ফরমাল গৃহ প্রবেশ হল না, আপনার সঙ্গে কি একটা ছবি তুলতে পারি? শুধু এই মুহুর্তটা মনে রাখার জন্য!"

- "সিওর " বলে তার পাশে এসে বসল রাধিকা। বেশ গায়ে গায়ে। আদৃত ফোন তুলে সেলফি তুলল একটা। মনে মনে ভাবল " ইউরেকা!" এইবার একটা কাজ করতে হবে। এইটাকে ফেসবুক আর ইনস্টাতে দিতে হবে। তারপর শুরু হবে আসল খেলা।

তিন বছর আগে ব্রেক-আপ হয়েছে আদৃতের। এই ছবিটা পাবলিক করে দেবে। দেখুক আহানা। দেখুক আদৃত কার সঙ্গে আছে এখন। জ্বলে পুড়ে যাক। তারপর দেখবেন মা, বাবা। আদৃত ঢাল তলোয়ার নিয়ে প্রস্তুত। খুব যুদ্ধ হবে আজ। আর বন্ধু-বান্ধবরা কেউ ঈর্ষা করবে, কেউ মাথা চাপড়াবে, কেউ পিঠ। আজ একটা হুলুস্থুল হবে। একটাই ভয়, দু একজন আবার সুটকেস ঘুছিয়ে চলে না আসে। রাধিকা এইসবের ধার ধারে না। কোনো একাউন্ট নেই কোথাও। ও জানতেও পারবে না ওকে ঘিরে কি তাণ্ডব হবে এবার।

আজ আদৃতের ছুটি। নতুন বাড়িতে শিফ্ট করার জন্য ছুটি দিয়েছে ওকে। আজ সারাদিন এটাই করবে আদৃত। যথা ভাবনা তথা কাজ। ঠিক যা যা ভেবেছিল, তাই তাই হল। মা দুপুরে ঘণ্টা দুয়েক ধরে ঝগড়া করলেন। প্রথমে হম্বি তম্বি, পরে কান্নাকাটি। অবশেষে, "যা খুশি কর", বলে আজকের মতন যুদ্ধের ইতি।

সারাদিন ধরে কমেন্ট পড়তে পড়তে হেসে আর কুল কিনারা পাচ্ছিল না আদৃত। নিজে ছবির ক্যাপশনটাও মোক্ষম দিয়েছিল আসলে - এক আকাশের নীচে।

"কিরে কবে বিয়ে করলি, নিমন্ত্রণ পেলাম না কেন" থেকে শুরু করে "জিও পাগলা, বৌদির সঙ্গে কবে আলাপ হবে"-, সব রকমের কমেন্ট আসছে। তার সঙ্গে ইনবক্সে নানা ধরনের প্রশ্ন আর কথা। একটারও উত্তর দিচ্ছে না আদৃত। যা ভাবার ভাব তোরা। শুধু উপভোগ করছে ওকে নিয়ে এই চর্চা।

দুপুরে ঘুমিয়ে পড়েছিল। সন্ধ্যা হতেই ডোর বেল। দরজা খুলে দেখে রাধিকা। সঙ্গে কিছু লোকজন। সবাই হৈ হৈ করে ঢুকে পড়ল। ওর জন্যে ছোট্ট একটা হাউস ওয়ার্মিং পার্টি দিল রাধিকা। আসমানদেরও ডেকেছিল। কিন্তু ওরা আজ রাতের ফ্লাইটে কলকাতা যাবে, তাই আসতে পারল না। যারা এসেছেন তাঁরা সবাই রাধিকার বন্ধু।

খাওয়া দাওয়া, পাণ সবকিছুর শেষে, দশটা নাগাদ চলে গেল সবাই। আবার এক আকাশের নীচে শুধু ওরা দুজন।

একটু অবিন্যস্ত হয়ে আছে রাধিকা। চারিদিকে থালা, গ্লাস, বোতল ছড়ানো, সেইসব না গুছিয়ে এলিয়ে পড়েছে গদির উপর। ওর মাথার কাছে একটা টেবিল ল্যাম্প জ্বলছে। ঘরের অন্য আলোগুলো নিভিয়ে দিয়ে ওর পাশে এসে বসল আদৃত। রাধিকা ঘোলাটে চোখে দেখল ওকে। তারপর ইঙ্গিতে কাছে ডাকল। আদৃতের বুকে দামামা বাজছে। ও ঝুঁকে পড়ল রাধিকার মুখের উপর।

ওর চোখে চোখ রাখল রাধিকা। মন্ত্রমুগ্ধের মতন দেখছে ওকে। হঠাৎ রাধিকা একটা তর্জনী তুলে নিজের দুই ভুরুর মাঝে ঠেকালো। বলল, "দেখতে পাচ্ছ?"

আদৃত ফিসফিস করে বলল, "কি?"

- "দেখতে পাচ্ছ না?"

- "আমি তো শুধু তোমাকে দেখছি।"

আচমকা রাধিকা ওর বাঁ হাত দিয়ে আদৃতের ডান হাতটা চেপে ধরল। নখ বসিয়ে দিচ্ছে হাতে জোরে। ব্যথায় কেঁপে উঠল একটু আদৃত। হাত থেকে একটু রক্ত গড়িয়ে পড়ল। অবাক হয়ে গেছে আদৃত। কি হল রাধিকার? ডান হাতের তর্জনী দিয়ে সেই রক্ত একটুখানি তুলে দুই ভুরুর মাঝে একটা তিলক কাটল রাধিকা। বলল, " এবার দেখতে পাচ্ছ?"

হতবাক হয়ে আছে আদৃত। এ কি পাগলামি? রাধিকা বলল, "গ্লাবেলা, আজ্ঞা চক্র! নিজের শরীরটাকে চেন আগে, তারপর আমাকে চিনতে চেও।"

সোজা হয়ে বসে আদৃত। ঠিক কি বোঝাতে চাইছে ও? ওকে ধরে উঠে পড়ে রাধিকা। টলতে টলতে নিজের ঘরের দিকে যায়। দরজা বন্ধ করার আগে বলে, "জায়গাটা পরিষ্কার করে নাও।" ধড়াম শব্দে বন্ধ হয়ে যায় দরজা।

কাল রাধিকার ব্যবহারে একটু খারাপ লেগেছে আদৃতের। আজ অফিসে বসে মাঝে মাঝেই ভাবছিল, ওরকম কেন করল রাধিকা? অনেকগুলো টাকা অ্যাডভান্স দিয়েছে আদৃত, অনেকটাই। চুক্তি মত এক বছরের আগে ছেড়ে দিলে তার কিছু ফেরত পাবে না। আগের জন দুম করে চলে যাওয়ায় এই ব্যবস্থা নিয়েছে রাধিকা। ছেড়ে যাবার প্রশ্নই ওঠে না অবশ্য। এখানে এমন বাড়ি পাওয়া মুশকিল। তার উপর আবার অত টাকা কোথায় পাবে? তাছাড়া, তাছাড়া সে রাধিকার সঙ্গে থাকতে চায়। সত্যিই থাকতে চায়। ওই চোখ ওকে তাড়া করে সারাদিন। বাড়ি ফিরে প্রতিদিন ওই চোখে চোখ রাখতে চায় সে।

হাতের ওই জায়গাটায় বেশ ব্যাথা। কেন এত জোরে তার হাতে নখ বসালো রাধিকা? আদৃত শুনেছে অনেকে আবেগের চরম মুহুর্তে এমন করে। রাধিকা কি খুব বেশি আবেগপ্রবণ হয়ে পড়েছিল? তাহলে চলে গেল কেন? মুহূর্তটা কত সুন্দর হতে পারত। সারাদিন মনটা খচ খচ করছিল আদৃতের। বাড়ি ফেরার পথে অটোতে বসে ভাবল, হতে পারে রাধিকা এইভাবেই নিজেকে সংবরণ করল কাল। হঠাৎ করে অজানা কারো কাছে ধরা দেবেই বা কেন? না কি অন্য

কেউ আছে ওর জীবনে? কিন্তু তা হলে ওকে ওই বাড়িতে থাকতে দিত না রাধিকা। সেই লোকটি মেনে নিত না।

সেইদিন রাত্রে বেশ তাড়াতাড়ি ফিরল রাধিকা। একদম হালকা মেজাজে। দারুণ খিচুড়ি রাঁধল। তাই গরম গরম খেল দুজনে মিলে। খাবার পর আদৃত বলল, " আপনি আমার ঘরে চলুন, আরাম করে বসে একটু গল্প করি!" তার দিকে অদ্ভুত ভাবে তাকাল রাধিকা - "না, আমরা কেউ কারো ঘরে যাব না। বলেছিলাম সেটা।"

দুটো বিয়ার নিয়ে বসল বাইরের ঘরে দুজনে। আদৃত ভাবছে, কি যায় আসে, ঘরে যাওয়া, এখানে বসা, ব্যাপারটা তো এক। তাও রাধিকার যে কোন এমন প্রতিক্রিয়া হয়?

বিয়ার শেষ করে উঠতে যাবে, রাধিকা উঠে এসে ওর পাশে বসল। মাথায় হাত বুলিয়ে দিতে লাগল। আদৃত বুঝতে পারছে না কি করা উচিত। কালকের ঘটনা মনে পড়ল ওর। নিজে থেকে কিছু না করাই ভাল। চুপ করে বসে রইল আদৃত। হঠাৎ ঠোঁট দুটো আদৃতের কানের খুব কাছে নিয়ে এসে রাধিকা বলল, " আপনি নয়, তুমি, অথবা তুই"! বলেই আবার ঝটকা দিয়ে উঠে ঘরে ঢুকে গেল।

ক্রমাগত বন্ধুদের ফোন আসছে। পৃথিবীর নানা কোণ থেকে। সবার খুব অনুসন্ধিৎসা। সব প্রশ্ন পাশ কাটিয়ে যাচ্ছে আদৃত। বিকেলের দিকে মা ফোন করে বললেন, "শোন এর পরের বার ওই মেয়েটিকে নিয়ে আয়। একদিনের জন্য হলেও। আমরা ওর সঙ্গে দেখা করতে চাই।"

- " কি যে বল, ও কেন যাবে আমার সাথে?"

- "কেন যাবে মানে? থাকছ একসঙ্গে, আর আসতে কি দোষ? "

- "ওহ মা, একটা বাড়িতে আছি খালি। আর কিছু নয়।"

- " এইসব গল্প আমাকে বলো না, বুঝলে? নিয়ে এস। আস্তে ধীরে বিয়ের কথাটা পারো !"

- "ধ্যাত, আলতু ফালতু কথা বোলো না!"বলে ফোন কেটে দিল আদৃত।

আরো দুদিন কেটে গেছে। রাধিকাকে খানিকটা বুঝতে পারছে এখন আদৃত। উদার মনের মেয়ে, কিন্তু খামখেয়ালী। ওর তালে তাল দিলে সব ঠিকঠাক থাকে। আর সেটা কিন্তু বেশ মজার ব্যাপার। কাল আদৃত জীবনে প্রথম চিকেন রান্না করেছিল। কিন্তু কিছুতেই ঠিক হচ্ছিল না ব্যাপারটা। রাধিকা খেয়ে হাসতে থাকল। বলল, "দাঁড়াও এখুনি এটাতে একটা টুইস্ট দিচ্ছি।" বলে ফ্রিজ থেকে একটা রেড ওয়াইন বের করে ঢেলে দিল ওটার মধ্যে। আদৃত "না না "করে উঠেছিল, কিন্তু পরে খেয়ে দেখল বেশ ভালই লাগছে। চিকেন ঝোলে ওয়াইন। ভাবা যায়?

আজ খুব গরম পরেছে। গন গন করে এসি চলছে ঘরে। রাধিকার কথাই ভাবতে ভাবতে ঘুমিয়ে পড়েছিল আদৃত। রাত তিনটে নাগাদ ঘুমটা ভেঙে গেল হঠাৎ। এপাশ ওপাশ করে উঠে পড়ল। নাকে আসছে ধুপ ধুনোর গন্ধ। এটাও এখন অভ্যেস হয়ে গেছে। ভালই লাগে বেশ। আড়মোড়া ভেঙে জল খেতে গেল। নাহ, বেশি ঠান্ডা নেই জলটা। ফ্রিজ থেকে ঠান্ডা জলের বোতল বের করতে হবে। ঘরের দরজা খুলে বেরতে গিয়ে থমকে গেল। শিরদাঁড়া দিয়ে ঠান্ডা স্রোত বয়ে গেল তার। একি!

ঠিক তার দরজার সামনে দাঁড়িয়ে রাধিকা। তার দিকে তাকিয়ে। বাইরের ঘরের নীল আলো এসে পড়েছে ওর গায়ে। চুল খোলা। চোখ দুটো জ্বলছে কিন্তু দৃষ্টি কেমন দিশাহীন।

- "ক্কি কি হয়েছে কি? " ভিতর থেকে একটা ভয়ার্ত আর্তনাদ বেরিয়ে এল আদৃতের। তার দিকে চেয়ে আছে রাধিকা।

- "তু তুমি কি ভিতরে আসতে চাও? " ঢোক গিলে বলল আদৃত। হঠাৎ হা হা হা হা করে হেসে উঠল রাধিকা। কিছু বুঝতে পারছে না আদৃত। এগিয়ে গেল এক পা, রাধিকাকে ছুঁতে। কিন্তু পিছিয়ে গেল রাধিকা। এক ছুটে চলে গেল তার ঘরে। বন্ধ হয়ে গেল দরজা। আদৃতের মাথায় অনেক কিছু চলছে। কি চায় ও? ওর কাছে আসতে চায় ? কিন্তু পারছে না? হাসল কেন? কি হয়েছে ওর?

একবার ভাবল রাধিকার ঘরে গিয়ে দরজা ধাক্কা দেয়। এই প্রশ্নগুলোর উত্তর দিতে হবে ওকে। কিন্তু যেতে পারল না। জলও খাওয়া হল না। দরজা লক করে শুয়ে পড়ল।

পরের দিন অফিস থেকে বাড়ি ঢুকে আরেক চমক ! দেখল বাইরের বাথরুম থেকে বেরিয়ে আসছে রাধিকা। এই ফ্ল্যাটে দুটো বাথরুম। রাধিকার ঘরের সঙ্গে লাগোয়া একটা। আর বাইরের ঘরে একটা, সেটা আদৃত ব্যবহার করে। রাধিকাকে ওভাবে দেখে অবাক আর বিব্রত হল আদৃত। রাধিকাও একটু বিব্রত হল মনে হয়। বলল,- "আমার শাওয়ারটা ঠিকমতন কাজ করছিল না, তাই.. সরি, তোমাকে জিজ্ঞেস করা হয়নি। তুমি এত তাড়াতাড়ি আসবে বুঝিনি।"

- "না না ঠিক আছে, কোনো প্রবলেম নেই।" বলল আদৃত।

সেই পাগল করা হাসিটা দিয়ে ঘরের দিকে যায় রাধিকা। তখনই আদৃত লক্ষ্য করে ওর উন্মুক্ত পিঠে একটা ট্যাটু। বড় বড় করে লেখা আর. জি। আর.জি কেন? দেখে মনে হল কারো নাম! আর. জি কার নাম?

সেদিন ডিনারের পর বারান্দায় দাঁড়াল দুজন। বাইরে হাওয়া ছেড়েছে। ঝড় আসতে পারে। রাধিকার চুলগুলো হাওয়ার তালে তালে উড়ছে। সেইদিকে বার বার চোখ চলে যাচ্ছে আদৃতের।

- "একটা কথা জিজ্ঞেস করতে পারি? "বলল আদৃত।

- "বল।"

- " আর.জি.কে?"

তার দিকে ঘন চোখে তাকাল রাধিকা, বলল, "আমি !"

 - "কিন্তু তুমি তো আর ডি, রাধিকা দাত!"

- " বিয়ের আগে ছিলাম রাধিকা গঙ্গোপাধ্যায়।"

আবার চমক।

- "তুমি, তুমি বিবাহিতা?" আদৃত আবার বিহ্বল হয়ে পরে।

- " ছিলাম। সে আর নেই। শুধু তার পদবীটা রয়ে গেছে। আর কিছু স্মৃতি। "

- " নেই, মানে?"

- " নেই মানে নেই। "

- "কি হয়েছিল? "

- "হাই সুগার। একটা চোখ নষ্টও হয়ে গেছিল।"

- "ও!"

- "ঘুম পাচ্ছে। আমি যাচ্ছি !"বলে চলে গেল রাধিকা। সেই দিকে চেয়ে রইল আদৃত। হঠাৎ মনে হল, কত কষ্ট ভিতরে জমিয়ে রেখেছে মেয়েটা। আদৃত ওর সব দুঃখ মুছে দেবে। এত সুন্দর ও, ওকে একটা সুন্দর জীবন দেবে আদৃত।

সারা দিন এই ভাবনাটা তাড়া করল ওকে। এক সঙ্গেই তো থাকবে ওরা। তাহলে দুটো জীবন এক করে দিতে অসুবিধে কি? একটা কথা তো ঠিক, ওকে পছন্দ করে রাধিকা। সেটা স্পষ্ট। ওর কথায়, ওর ব্যবহারে। শুধু বলতে পারে না। হয়ত আগের জীবনটা ভুলতে পারেনি , তাই বাধে ওর। আজ ওর কাছে যাবেই যাবে আদৃত। কোনো বাধা মানবে না। একজনকে তো এগোতে হবে।

সেদিন রাধিকা আবার দেরি করল ফিরতে। খেয়ে উঠতে উঠতে প্রায় এগারোটা বাজল। খেয়েই নিজের ঘরে ঢুকে দরজা বন্ধ করে দিল রাধিকা। আদৃত ভাল করে স্নান করল আরেকবার। ঘরে এসে এসির ভিতরে বসে মাথাটা ঠান্ডা করল। মা কে ফোন করে নিল। বারান্দায় গিয়ে দুটো সিগারেট খেল। রাধিকার ঘরের দিকে তাকাল। আওয়াজ আসছে নানা রকম। ঘুমায়নি রাধিকা। আবার ঘরে এল। জল খেল। রাত প্রায় একটা এখন। সেলার থেকে হুইস্কি ঢেলে খেল। কাল রবিবার। ছুটি। আজ রাতে তাকে কিছু একটা করতেই হবে।

রাত আড়াইটা নাগাদ মাথাটা পুরো হালকা লাগল। উঠে পড়ল আদৃত। সোজা রাধিকার ঘরের সামনে গেল। প্রচণ্ড ধুপ ধুনোর গন্ধ, যথারীতি। আওয়াজ আসছে ভিতর থেকে। দরজায় কান ঠেকিয়ে শুনল কথা বলছে রাধিকা। কার সঙ্গে কথা বলছে? মাথা

পুরো হালকা। তাই প্রাণে অসীম সাহস এখন। হালকা করে টোকা দিল। রাধিকা তখনও কথা বলছে। কি বলছে বোঝা যাচ্ছে না। খুলল না দরজা। আজ ওকে খুলতেই হবে। আবার টোকা দিল। কিছুই হল না।

মাথায় রোখ চেপেছে আদৃতের। ও দেখেছে বাইরের ঘরের একটা ড্রয়ারে তৃতীয় সেট চাবির গোছা থাকে। সেটা বের করে আনল। তিনটে চাবি। একটা বাইরের দরজার, একটা ওর নিজের ঘরের, একটা রাধিকার ঘরের। তৃতীয় চাবিটা ঢুকিয়ে ঘুরিয়ে দিল। খুট করে খুলে গেল দরজা।

একটু ঠেলতেই পুরোটা খুলে গেল। ঘর ধোঁয়ায় ভর্তি। কোনরকমে চোখ কচলে তাকাল আদৃত। বিছানার নীচে মাটিতে একটা মাটির সরার উপর জ্বলছে আগুন। চারিদিকে ধুপ। একদিকে জ্বলছে ধুনো। সামনে টকটকে লাল আলখাল্লা পরে বসে আছে রাধিকা। মন্ত্র বলছে,- "অং নম আদৃতস্য বুদ্ধি স্তম্ভয় ফট স্বাহা!"

চারিদিকে নানা রকমের হাড়গোড়। রাধিকার গলায় বিভিন্ন হাড় দিয়ে গাঁথা মালা, আর সামনে রাখা একটা খুলি। তার একটা চোখের কুঠুরিতে কালো ঢাকনা দেওয়া।

আদৃতের পা দুটো পাথর হয়ে গেছে। রাধিকা মন্ত্রে মগ্ন। তাকাচ্ছে না তার দিকে। ও কার নাম বলছে বার বার? আদৃতস্য! আদৃতের নাম বলছে কেন?

ওটা কার খুলি, যার একটা চোখ নেই!? হতভম্বের মতন দাঁড়িয়ে থাকে আদৃত।

অকস্মাৎ তার দিকে চায় রাধিকা। চোখ দুটো ওর আগুনের মতন লাল। স্বম্বিৎ ফেরে আদৃতের। দুম করে দরজা বন্ধ করে ছোটে বাইরের দরজার দিকে। দরজা খুলে বেরোবার আগে একবার পিছনে তাকায়। ঘর থেকে বেরিয়ে এসেছে রাধিকা!

পাগলের মতন লিফটের দিকে দৌড়ায় আদৃত। একদম নীচে লিফট। পিছনে রাধিকার পায়ের শব্দ। কি করবে আদৃত? সিঁড়ি দিয়ে নামবে? ছুটল সিঁড়ির দিকে। দুটো তিনটে সিঁড়ি একসঙ্গে

লাফ দিয়ে দিয়ে নামে। একবার পিছনে তাকায়। না নেই কেউ। রুদ্ধশ্বাসে বিল্ডিং থেকে ছুটে বেরিয়ে যায় আদৃত। কোনদিকে যাবে, সঙ্গে টাকা পয়সা, ফোন কিছু নেই! ডানদিক দিয়ে ছুটতে লাগল। দু একটা অটো যাচ্ছে। ওকে দেখছে।

অনেক দৌড়েছে। এ গলি, ওই গলি দিয়ে। আর পারছে না। একটা বাড়ির সিঁড়িতে বসে পড়ল। এই রাস্তাটা একদম ফাঁকা। এখন কটা বাজে? সাড়ে তিনটে হবে। প্রচণ্ড হাঁপাচ্ছে আদৃত। কি করবে এবার? কার সঙ্গে যোগাযোগ করবে? আর কি করেই বা করবে। কারো নম্বর মনে নেই। আসমানরাও নেই এখানে। কি করবে?

একটু আলো ফুটলে থানায় যেতে হবে। জিজ্ঞেস করে করে চলে যাবে হেঁটে। এ ছাড়া আর কোনো উপায় নেই।

আদৃত পিছনের দেওয়ালে হেলান দিয়ে চোখ বন্ধ করল। জবজবে ঘামে ভিজে গেছে সে। সমস্ত নেশা কেটে গেছে। এসব কি হল ওর জীবনে? যতবার রাধিকার মুখটা মনে পড়ছে, ভয়ে হিম হয়ে যাচ্ছে ওর শরীর। ভাবতে ভাবতে ঘুমিয়ে পড়ে আদৃত। হঠাৎ চোখ খোলে। কেউ তাকে ডাকছে।

ভাল করে কান পেতে শোনে। হ্যাঁ, তার নাম ধরেই ডাকছে কেউ। আতঙ্কে কাঁটা হয়ে যায়। এদিক ওদিক দেখে। না, কেউ কোথাও নেই। কিন্তু ডাকছে তো! কে ডাকছে? উঠে পড়ে সে। মন্ত্রমুগ্ধের মতন হাঁটতে থাকে আদৃত। ওইদিক থেকে ডাকছে। ওইদিকেই যেতে হবে।

রাত ও ভোরের সন্ধিক্ষণ। ধীর পায়ে বিল্ডিংয়ে ঢোকে আদৃত। সিঁড়ি বেয়ে উঠতে থাকে। ছ' তলায়।

রাধিকা ডাকছে। ওর কাছে ফিরে যেতে হবে, এখনই।

পার্বত্য

পাহাড়ি ঝর্ণার প্রায় গা ঘেঁষে একসারি দোকান। ঘর সাজানোর জিনিস, চুড়ি, ব্যাগ, কত কিছুর পসরা। একসময় ঝর্ণা বয়ে যেত প্রবল বিক্রমে। এখন ইঁট কাঠ কংক্রিট দিয়ে বেঁধে ফেলা হয়েছে। মাঝখানে একটুখানি ছাড়। ওইখানে বড় বড় পাথরের উপর দিয়ে বয়ে যায় স্তিমিত স্রোত।

সেইটুকু পরিসরেই কত ট্যুরিস্ট। তারা পাথরের উপর বসে ঠান্ডা জলে পা ডুবিয়ে ছবি তোলে। এদিক ওদিক তাকিয়ে জলের ধারা খোঁজে। হাসি পায় পার্বতীর। এক ধাপ উঁচুতে একটা হোটেলের গা বেয়ে ঝির ঝির করে ঝরছে পাহাড়ী ঝর্ণা। তাদের ট্যাঙ্কির জলও মনে হয় এর চেয়ে বেশি জোরে ঝরে।

মুখ ভর্তি পান মসলা। দোকানের বাইরে এসে থু করে পিক ফেলে পার্বতী। দূরে দাঁড়িয়ে তার ছেলে চা খাচ্ছে অন্য দোকানদারদের সাথে।

- " আরে ও বাবুয়া, টেম দেখা? সামান নেই লানা?"

ছেলে হাত নেড়ে কাগজের কাপটা ছুঁড়ে ফেলে। সেটা ডাস্টবিনের গায়ে ধাক্কা লেগে নীচে গড়িয়ে যায়।

পার্বতী দাঁড়িয়ে দাঁড়িয়ে দেখে। বাইকে স্টার্ট দেয় তার বাবুয়া। অনেকটা যেতে হবে মাল আনতে। ফিরতে ফিরতে বিকেল হবে।

এইদিকে পাহাড়। এখান থেকে দশ বারো কিলোমিটার গেলে শহর শুরু। এই সময়টা গাড়ির জ্যাম লেগে যায় শহরে।

শহরের মাঝামাঝিই পার্বতীদের বাড়ি। স্কুলের পাশে। ওর বর ওই স্কুলের মালি। জীবনে অনেক কষ্ট করেছে পার্বতী। তার বরের সামান্য মাইনের টাকায় তিন ছেলে মেয়ে মানুষ করেছে। বছর দশেক আগে এক দূর সম্পর্কের ভাইকে ধরে অনেক কাঠ খড় পুড়িয়ে এই দোকানটা জোগাড় করেছিল পার্বতী। ছেলে মেয়েরা তখন একটু বড় হয়েছে। গভর্নমেন্ট থেকে কিছু লোন দিয়েছিল।

কিছু বাপের ঘর থেকে ধার করেছিল। সে সব মিটিয়ে দিয়েছে পার্বতী।

এ দোকানটা তার ভাগ্য ফিরিয়ে দিয়েছে। এর আমদানির টাকায় ওদের ঘরটা কিনে নিয়েছে। আগে ভাড়া ছিল। আগামী মাসে বড় মেয়েটার বিয়ে দেবে। অনেক ধুমধাম করবে বিয়েতে। পার্বতীর চোখে এখনো অনেক স্বপ্ন। এখানেই আরেকটা চায়ের দোকান নেবার চেষ্টা করছে। ব্যবসা বাড়াবে। ওই দোকানে চায়ের সাথে পাও ভাজি, আলু টিক্কি বিক্রি করবে। তারপর ছেলেটারও বিয়ে দেবে ।

খদ্দের আসছে। পার্বতী তাড়াতাড়ি দোকানের ভিতর গিয়ে বসল। ঘন্টা খানেকের মধ্যে ভালই বিক্রি বাটা হল আজ। একধরনের কাঁচ বসানো ব্যাগ এনেছে দোকানে, লোকজন খুব পছন্দ করছে সেটা। একটু ফাঁকা হতে ছড়ানো ছেটানো জিনিস গুলো আবার গুছিয়ে তাকে তুলে রাখতে লাগল পার্বতী।

ঠিক তখনই ঘটনাটা ঘটল। একটি দল অনেক্ষণ ধরে এখানে ঘুরে বেড়াচ্ছিল। ওরা চোখে বাইনোকুলার লাগিয়ে দেখছিল এদিক ওদিক। একটু আগে তারা সবাই ঝর্ণায় নেমেছে।

তাদের মধ্যেই একজন ঝর্ণার মাঝখানে পিছল পাথরে পা দিতে গিয়ে পিছলে গেল।ঝর্ণায় স্রোত নেই, ভেসে যাবার ভয় নেই, কিন্তু পাথরে পাথরে লেগে চোট পেল মেয়েটা। উঠতে পারছে না। সবাই মিলে টেনে তুলছে। এরকম প্রায়ই হয়। গা সওয়া হয়ে গেছে পার্বতীদের।

পার্বতী বেরিয়ে এসে একটা চেয়ার এগিয়ে দিল। কয়েকজন দোকানী ঝর্ণায় নেমে গেছে। সবাই মিলে মেয়েটিকে ধরে এনে ওই চেয়ারে বসাল। মেয়েটার পা দিয়ে বেশ রক্ত পরছে।

- " আরে রাম। কিতনা খুন নিকাল রহা হায় ' বলল পার্বতী।

এই মেয়ে তার বড় মেয়ের থেকে একটু বড় হবে। পার্বতী তড়িঘড়ি করে তুলো আর ডেটল নিয়ে এল দোকান থেকে। তার নিজের শরীর খুব ভারী হয়ে গেছে । তাও মেয়েটার পায়ের কাছে থেবড়ে বসে পড়ল।

- " আরে মা জী, ছোড়িয়ে, হাম লাগা লেঙ্গে !" ব্যথার মধ্যেও মেয়েটি বাধা দিল।

পার্বতী তাও ডেটল দেওয়া তুলো চেপে ধরল ক্ষতের জায়গায়। মেয়েটি ব্যথায় শিউরে শিউরে উঠছে। আস্তে আস্তে রক্ত বন্ধ হল। কেউ তাকে জল এনে দিল। কেউ গরম চা। ধাতস্থ হবার পর চলে গেল ওরা। অনেক কৃতজ্ঞতা জানালো পার্বতীদের। পার্বতীরা আবার যে যার দোকান নিয়ে ব্যস্ত হয়ে পড়ল।

পার্বতীরা ছোটবেলায় থাকত বিলাসপুরে। চার বোন তিন ভাই। পার্বতী সবার ছোট বোন। ছোটবেলা থেকে দিদিদের ছোট হয়ে যাওয়া জামা কাপড় পরে বড় হয়েছে, বড় দাদা দিদিদের বই পড়ে পড়াশোনা করেছে। তার নিজের কিছুই ছিল না প্রায়। বিয়ে হয় বছর পনের বয়সে। চলে আসে এই পাহাড়ী শহরে। চোখের সামনে এই শহরকে একটু একটু করে বড় হতে দেখেছে। জঙ্গল কেটে কেটে বাড়ি উঠেছে, রাস্তা হয়েছে। স্কুল, অফিস, হাসপাতাল হয়েছে কত।

সেই সঙ্গে সঙ্গে একটু একটু করে গড়ে উঠেছে পার্বতীর নিজের সবকিছু। স্বামী, সংসার, ছেলে মেয়ে, দোকান, ব্যবসা। ক্লাস সিক্স অব্দি পড়া পার্বতী আজ ঘোরতর ব্যবসায়ী।

এই জায়গায় পৌঁছতে, নিজের জগৎ তৈরি করতে অনেক খেসারত দিয়েছে পার্বতী। তার মরদ তাকে দমিয়ে রাখার চেষ্টা করেছিল। রাত রাতভর মার খেয়েছে পার্বতী। সকালে উঠে ব্যথায় মলম লাগিয়ে আবার বেরিয়ে পড়েছে। কত লোকের পায়ে পড়েছে। কত লোকের কত খিদমত খেটেছে। কতদিন হয়েছে বাড়িতে চুলা জ্বালানোর সময় পায়নি। ছেলে মেয়েগুলো সারাদিন ছাতু খেয়ে থেকেছে। আজ দিন বদলে গেছে। মরদ এখন ভিজে বেড়াল। পার্বতীর উপরে কেউ কথা বলে না। এখনকার দোকানীরাও ওকে মান্য করে। ছেলে মেয়েরা মায়ের সেবা করে।

মাঝে মাঝে বসে বসে ফেলে আসা দিনগুলোর কথা ভাবে সে। আর তখন আজকের সুখটা উপভোগ করে বেশ। পার্বতীর শরীরে

স্বচ্ছলতার ছাপ এখন স্পষ্ট। দু কানে সোনার মাকড়ি, হাতে সোনার বালা, পরনে জমকালো শাড়ি, কপালে বড় টিপ। বেশ লাগে।

মেয়ের বিয়ের তোড়জোড় চলছে জোর কদমে। ওই সময় দোকান বন্ধ রাখবে কিছুদিন। তাই এখন যতটা পারে ব্যবসা করে নিচ্ছে। চারিদিকে অনেক হোটেল। এমনি খদ্দরের ছাড়া ও সেইসব হোটেলে ঘর সাজানোর জিনিস, থালা বাটি ইত্যাদি যোগান দেয় সে। তাছাড়া টাকাও সুদে খাটায়। খুব ব্যস্ততা যাচ্ছে আজকাল। সকাল দশটায় দোকান খোলে, বাড়ি ফিরতে ফিরতে বেশ সন্ধ্যে হচ্ছে। তারপর রোজই বিয়ের কিছু না কিছু কেনাকাটা করতে হচ্ছে।

আজ দোকানে বসে বসে মোটামুটি একটা খরচের হিসেব করছিল পার্বতী। বিয়ের জন্য। আজ ছোট মেয়েকে সঙ্গে এনেছে। ওই দোকান চালাচ্ছে। ছেলে বাইরের কাজগুলো করে বেশি। দোকানে দাঁড়িয়ে বিক্রি করতে চায়না।

- " ভাবী জী, আপ সুনা?"

মুখ তুলে দেখে রাধা। দুটো দোকান পরে ওর দোকান। মোবাইল ফোনের কভার, ব্যাটারি এইসবের।

- " কা?" সামান্য বিরক্ত হয়ে জিজ্ঞেস করে পার্বতী। এই মেয়েটা মাঝে মাঝেই চলে আসে বেফালতু গল্প করতে।

- " আরে আপ সুনা নেহি? সরকার সে কোই নোটিশ আয়া হ্যায়। ইয়ে সাব দুকান হাটানে কে লিয়ে !"

বুকটা ছ্যাঁত করে ওঠে পার্বতীর। কি বলছে মেয়েটা? হিসেবের খাতা রেখে বেরিয়ে আসে দোকান থেকে।

রাধা বলে ওর মরদ বলছিলো ওকে কাল রাতে। ওদের একটা অ্যাসোসিয়েশন আছে। তার সেক্রেটারি কুমার। কুমারের কাছে নাকি নোটিশ এসেছে। ওদের সবাইকে যেতে হবে গভর্নমেন্ট অফিসে। এইসব দোকান নাকি উঠিয়ে দেবে।

- " ইসকা কা মাতলাব ?" বেশ জোড়ে চেঁচিয়ে ওঠে পার্বতী। অন্যান্য দোকান থেকে দোকানীরা বেরিয়ে এসে জমায়েত হয় একে একে।

জোর আলোচনা চলতে থাকে। কুমারকে ফোন করা হয়। একটু পরে বাইক নিয়ে চলে আসে সে। সে জানায় আগামী কাল সকলকে নিয়ে মিটিংয়ে বসবে।

- " লেকিন ইয়ে দুকান তো হামারা হ্যায়। হাম খারিদা হায়। সরকার আয়সে কায়সে বোল সাকতা হ্যায়?" বলে চিৎকার করতে থাকে পার্বতী। ওর মেজাজের পারদ ঊর্ধ্বগামী হতে থাকে ক্রমশ।

- " আরে বাত কো সমঝো। ইয়ে সাব সারকার কা হ্যায়, য়ে জামিন, য়ে পাহাড়, সবকুচ। হাম লোগ ইসকো লিস লিয়া হ্যায়।"

ব্যাপারটা তখনও বুঝতে পারে না পার্বতী। সরকার তো তাদের দিয়ে দিয়েছে দোকান। এই দোকানের উপর নির্ভর করে আছে এতগুলো পরিবার। তাহলে সরকার হঠাৎ কি করে উঠিয়ে দেবে?

কুমার ওদের বলে যে এখানে কিছু টুরিস্ট এসে দোকানপাট দেখে সরকারের নামে কেস করেছে। বলেছে এই সব হোটেল আর দোকানপাট নাকি পরিবেশ নষ্ট করছে, ঝর্ণার প্রাকৃতিক সৌন্দর্য্য নষ্ট করছে। এগুলো সরিয়ে দিতে হবে।

এর মধ্যে নাকি বেশ কয়েকবার সরকারের পর্যবেক্ষণ কমিটি থেকে লোক এসেছে। তারা জানিয়েছে এই হোটেলগুলোর পিছন দিকে ময়লার গাদা। ওদের দোকানগুলো ঝর্ণার গতিপথে বাঁধ দিয়েছে। চারিদিকে পান জর্দার পিক, ঠোঙা, কাগজ, প্লাস্টিক। তাই এইসব দোকান, হোটেল তুলে দিতে হবে পরিবেশ রক্ষার জন্য।

পরের দিন আবার মিটিং বসে। পার্বতী গত রাতে ঘুমায়নি ভাল করে। এই দোকান তার লক্ষ্মী। এ দোকান চলে গেলে তার মেয়ের বিয়ে, ভবিষ্যতের স্বপ্ন, সব ছারখার হয়ে যাবে। আবার নতুন করে কোথায় দোকান দেবে সে? আর এখানে যত ক্রেতা আসে, এ শহরের অন্য কোথাও তা আসে না। এই একটাই তো ঝর্ণা।

তবে এতগুলো লোক নিশ্চই বললেই উঠে যাবে না। সরকার তো এতো লোকের রুজি রোজগার বন্ধ করে দিতে পারে না দুম করে। এর নিশ্চই একটা বিহিত হবে।

আজ পার্বতীর বরও এসেছে মিটিং-এ। যে দোকান নিয়ে এতো আপত্তি ছিল, আজ তাকেই রক্ষা করতে ছুটে এসেছে। এসেছে আশেপাশের হোটেলের মালিকরা।

কোনো দোকান কিন্তু বন্ধ নেই আজ। সবাই অন্য লোক বসিয়ে এসেছে মিটিং -এ। পার্বতীর দোকানে তার তিন ছেলে মেয়ে । সবাই আজ একত্র হয়েছে অস্তিত্বের লড়াইয়ে।

জোর কদমে চলছে মিটিং। আজ অ্যাসোসিয়েশন থেকে সব ক্রেতাদের বিনামূল্যে চা কফি খাওয়ানো হচ্ছে। ওরা ওদের লক্ষ্মী। এই লড়াইয়ে ওদেরও সঙ্গে নিতে হবে। টুরিস্ট যদি চায় ওরা থাকুক, সরকার নিশ্চই পিছু হটবে।

পার্বতী চারিদিকে তাকিয়ে দেখে। সত্যি, কত দোকান এখানে। বছর দশেক আগেও চার পাঁচটা ছিল। এখন প্রায় তিরিশ চল্লিশ দোকান গা ঘেঁষে ঘেঁষে গজিয়ে উঠেছে। ঝর্ণার দুই দিকে। চারিদিক দিয়ে ঘিরে ফেলেছে ঝর্ণাটাকে। ছোটবেলায় পার্বতীরা যখন আসত, তখন চারপাশে কত গাছ, বড় বড় পাথর। লোকজন ছিল না। পাহাড়ের কোল বেয়ে সহস্র ধারায় নেমে আসত ঝর্ণা। সে কি ত্যেজ! ভাল সাঁতারু ছাড়া নামতে পারতো না কেউ। তাও যারা নামত, পাথর আঁকড়ে থাকতে হত তাদের। না হলে জলের তোড়ে ভেসে যেতে হত ।

থু করে পিক ফেলল ভাবতে ভাবতে। তখন কটা লোক আসত এখানে? এখন দেখ, কত্ত ট্যুরিস্ট। ওরা আসে দোকান গুলোর জন্যে। দোকান উঠে গেলে আর কজন আসবে এখানে? সরকার কি জানে না সেটা?

হঠাৎ দেখল দূর থেকে বেশ কিছু লোক আসছে। নারা লাগাতে লাগাতে। তাদের হাতে প্ল্যাকার্ড। ওরা সবাই মিটিং থামিয়ে উঠে দাঁড়ালো।

দূর থেকে ভেসে আসছে ওদের গলা। " দুকান হাটাও, প্রকৃতি বাচাও!"

ভয়ঙ্কর রাগে সর্ব শরীর জ্বলে গেল পার্বতীর। কারা এরা? সরকারের লোক? যখন দোকানগুলো হচ্ছিল তখন কোথায় ছিলি তোরা? আজ যখন দোকানীরা দু হাতে রোজগার করছে, তখন এসেছিস তাদের সংসার ভাঙতে?

ওরা আরো কাছে আসতে পার্বতী অবাক হয়ে দেখল, মিছিলের সবার সামনের সারিতে ওই মেয়েটা। সেদিন যার পা কেটে গেছিল। যার পায়ের কাছে বসে ওষুধ লাগিয়ে দিয়েছিল পার্বতী। ওর হাতে একটা প্ল্যাকার্ড। খুব জোরে জোরে হাত ছুঁড়ে ছুঁড়ে চেঁচাচ্ছে মেয়েটা, " দুকান হাটাও, দুকান হাটাও!"

বেঈমান ঔরত! এদিক ওদিক তাকিয়ে বেশ বড় সাইজের একটা পাথর তুলে নিল পার্বতী। ছুঁড়ে দিল সর্ব শক্তি দিয়ে।

পাথরটা সোজা গিয়ে লাগল মেয়েটার মাথায়। চিৎকার করে মাথায় হাত দিয়ে মাটিতে পড়ে গেল সে। পার্বতীর দেখাদেখি অন্য দোকানীরাও কয়েকজন পাথর তুলে নিল হাতে। মিছিল থেমে গেছে। ভয়ে আর এগোচ্ছে না কেউ। তবে ওখানে দাঁড়িয়েই সবাই হৈ হৈ রৈ রৈ করছে। মেয়েটিকে ঘিরে ধরল ওদের লোকজন। ওকে ওঠানোর চেষ্টা করছে।

চোয়াল শক্ত করে দাঁড়িয়ে আছে পার্বতী। ওরা মেয়েটিকে তুলল। মেয়েটির মাথা ফেটে রক্তের ঝর্ণা বইছে। সেই রক্তে ভিজে যাচ্ছে ওদের জামা কাপড়।

আজ এগোবে না পার্বতী। জল দেবে না, ওষুধ দেবে না। মিটিং ফেলে ওদের কাছে কেউ যাবে না আজ। কিছুতেই না।

লেখক পরিচিতি

মৌপিয়া বন্দ্যোপাধ্যায়

দক্ষিণ কলকাতার বাসিন্দা মৌপিয়া বন্দ্যোপাধ্যায় পনের বছর বিভিন্ন বেসরকারি সংস্থায় চাকরি করে সংসারের তাগিদে কর্মজীবনের ইতি টেনেছিলেন। শুরু করেন কন্টেন্ট রাইটিং। মনে মনে ইচ্ছে ছিল ভাল গল্প লেখার। খেয়া, খোলাচিঠি, নৌকা, বিকেল বাসর প্রভৃতি লিটিল ম্যাগাজিনে গল্প ও কবিতা লিখেছেন। সমাজতত্ত্ব (স্নাতকোত্তর) নিয়ে পড়াশোনা করেছেন, তাই মানুষের ব্যবহার, সম্পর্ক, চিন্তাধারা নিয়ে গবেষণা করতে এবং লিখতে ভালবাসেন।

ছটি ভিন্ন ভিন্ন স্বাদের ছোটগল্প নিয়ে এই গল্পমালা – এক থেকে ছয়। একেক জন মানুষকে ঘিরে একেকটি ঘটনার বিস্তার। কঠিন বাস্তব, লৌকিক, পরলৌকিক – রয়েছে বিভিন্ন বিষয়বস্তুর সমাহার। ছোটগল্প, তাই খানিকটা আকস্মিকতা আছে, শেষে আছে চমক। সাধারণ কথ্য ভাষায় লেখা, যাতে মূল ঘটনা ও বক্তব্যের উপর মনোনিবেশ করা সম্ভব হয়।

পাঠকদের যদি এই সংকলনটি ভাল লাগে, তবে ভবিষ্যতে আরো অনেক এমন গল্পের ঝুলি নিয়ে বই প্রকাশের অভিপ্রায় রইল।

www.ingramcontent.com/pod-product-compliance
Lightning Source LLC
LaVergne TN
LVHW041551070526
838199LV00046B/1906